中公文庫

世界でいちばん幸せな屋上

ミルリトン探偵局

吉田音
吉田篤弘絵

中央公論新社

目次
Contents

イラスト
吉田篤弘

装幀・レイアウト
*
クラフト・エヴィング商會
［吉田浩美・吉田篤弘］

世界でいちばん幸せな屋上

Bolero

*

ミルリトン探偵局

ミルリトン探偵局・1

シナモンと黒猫

1

土曜日の午後に、母が台所で鼻うたを歌いながらアップル・パイを作っていた。

家中にシナモンの香りがあふれている。

わたしも今日から春休みなので、同じく鼻うた気分。鼻うた親子である。

それにしても、母は調子づいている。昨年のクリスマスに焼いたミルリトンが思いのほか好評だったのに気を良くし、以来、次々とお菓子を焼いては高笑い。

たしかに、素人《しろうと》ケーキ職人にしてはおいしいし、おかげで、わたしも父も太り気味の今日このごろである。嗚呼《ああ》。

「おん、今日はとびきりおいしいアップル・パイを焼くから」

母は腕まくりだ。

「とびきりおいしいのは結構なんですけど、少しは家族の太り具合も考えてください」

「太るのは運動不足のせいでしょう？　そうだ、今度、卓球をやりましょう」

母は学生のころ卓球部の部員だったので、「ああ、思いきり卓球をしたい」と唐突に言い出す。元気のいい母ではあるのだが──。

「いい？　おん。卓球よ」

「はいはい、分かりました分かりました」

「『はい』も『分かりました』も一回でいいの」

「はーい」

「伸ばさないっ」

「はい、分かりました、母上。今度、卓球をいたしましょう」

そう言ってはみるけれど、わたしは来年、高校受験を控えた身であって、どう考えても、卓球などしている場合ではない。それに、高校生ともなれば、身だしなみや体型だって気になる。おしゃれだってしたい。いつまでもワンパク少女ではいられないのだ。

そう思いながらも、縁側のある畳の部屋で、つい、ごろごろと寝転んでしまった。

ここは父が大の字になって昼寝をする部屋である。猫のアンゴも、ここがお気に入りだ。わたしも、父や猫のように思う存分、昼寝がしてみたい。このところ、ラジオの深夜放送に夢中になり、夜ふかしが祟《たた》って、昼はあくびばかり出る。

よし、やっぱり、ひと眠りしちゃうか――。

いや、でも、昼寝をするたび、ぶくぶく音をたてて太っていくような気がする。

「ふうむ――」

シナモンの甘い香りの中、昼寝の誘惑に駆られながら唸《うな》っていると、縁側の先の庭の片隅で何かがささっと動くのが見えた。

きっと、猫だ。

わが家の庭は、通称「猫の交差点」と呼ばれ、あちらこちらから猫が横切ってゆく。

トラか？　ミケか？　シロか？　シマか？

目を凝《こ》らしてみるが、何も見えない。庭に生い茂る雑草のかげから、こちらをうかがっている気配だけがある。

「ん？」

起き上がってよく見たら、円田《つぶらだ》さんちのシンクだ。

黒猫である。ちびのくせに妙に大人びていて、常に何ごとか考えているような風情がある。それで、名前はシンク。考える猫である。

「おおい、シンク。わたしだよ」

手を振ったら、めずらしく縁側に駆け寄ってきて、いつもは、わたしのことなど見向きもしないのに、どうした風の吹きまわしか、今日はお腹まで見せて甘えてくる。

「シンク、こっちにおいで」

呼びかけたら、さっと縁側に飛び乗り、わたしに誘われるまま部屋の中に入ってきた。こんなこと、いままで一度もない。

どうも、おかしいぞ——。

じっくり観察してみると、しきりに鼻をひくひくさせている。

そうか。わたしではなく、シナモンの匂いに誘われてきたのか。

それにしても、この子は本当にシンクだろうか？

たしかにシンクに似ているけれど、違うと言われれば違うような気もしてくる。黒猫って本当に見分けがつかない。みんな同じに見える。いちおう、円田さんがつけてあげた赤い首輪をしているが、黒猫の首輪って、八十パーセントくらいの確率で赤が選ばれているように思う。

「ねぇ、君はシンク君ですか」

単刀直入に訊《き》いてみたが、知らんぷりだ。

そこで、いいことを思いついた。こういう作戦である。

1. まず、このシンクらしき黒猫君の首輪に目印をつける。
2. 庭に放つ。黒くんは、どこかへと消える。
3. やがて陽が落ちれば、黒くんは自分のねぐらに帰る。
4. で、先まわりをして、わたしは円田さんの家でシンクの帰りを待つ。
5. 帰ってきたら、すかさず首輪の目印をチェック。

目印があれば、いま目の前にいるのはシンクであったことになる。だからどうだ、ということもないが、面白いので試してみたい。

何か目印になるものはないか、と部屋を見渡してみたが、こういうときに限って何もない。仕方なく台所へ行き、母がアップル・パイの生地をこしらえている横で物色していたら、食卓の上に置かれたシナモンの壜《びん》が目にとまった。小さな可愛らしい壜の中にパウダー状のシナモンがびっしり入っている。壜の表には商品や会社の名前が記載されたラベルが貼られ、それとは別に、〈シナモン〉とだけ印刷された小さなシールが貼ってあった。

「母上、ちょいとこれを拝借してもいいでしょうか」

「シナモンを？　何にするの？　変なことに使わないでよ」

「はぁい」

調子よく返事をして畳の部屋に戻ったら、シンクらしき彼はじつに気持ちよさそうに昼寝をしていた。いいチャンスだ。気がゆるんでいる隙《すき》に――と狙いを定め、〈シナモン〉のシールを壜から剝《は》がして彼の首輪に貼りつけた。

なかなか、いい感じだ。

まるで、彼のために誂《あつら》えたみたいに、〈シナモン〉のシールが首輪に光っている。

よし、これで万事ＯＫ。今夜、このささやかな謎に答えが出る。いひひひ、とニヤつくそばから大あくびが出て、そのうちわたしは、限りなくシンクに近い黒猫のかたわらで寝入ってしまった。

「おんっ、アップル・パイ、焼けたわよ」

母の声が聞こえたのと同時に、むせるくらい強烈なシナモンの香りが鼻をついた。

思わず、「うわぁ」と声をあげて起き上がると、驚いたことに、部屋一面にシナモン・パウダーが飛び散っている。あらためて、「うわぁ」と声が出て、それを聞いた母が、「どうしたの?」と部屋に入ってくるなり、「うわぁ」と声を上げた。

「なんなの、これ?」

最初はわたしも何が起きたのか分からなかったけれど、寝ぼけた頭が冷静さを取り戻すと、次第に記憶が戻ってきた。

「そうよ、黒猫だ」

現場検証の結果、わたしの睡眠中に、およそ次のような事件が起きたに違いないと推測された。

1. 何者かが、畳の上に置いてあったシナモンの壜を倒した。
2. そのいきおいで壜のキャップが外れ、中のパウダーが畳の上にこぼれ出た。
3. 何者かは面白がってパウダーとたわむれたり、かき回したりした。
4. パウダーの上で転がってみたりもした。
5. 何者かは、そんなことをしたら、あとで怒られると知っていた。
6. 誰にも気づかれぬよう、忍び足で逃走した。

重要な証拠として、猫の足あとのかたちにシナモンが畳に付着していた。縁側の方へ点々とつながっていて、わずかに開いていた戸の隙間から庭へ脱出した形跡があった。

「黒猫って、円田さんちの?」

母はそう言いながら掃除機を手にしている。そして、「あっ」という間もなく、事件現場は掃除機の中に吸い込まれてしまった。

母のアップル・パイは上出来で、

「これは売れるかも」

と褒《ほ》めてあげると、

「そう？」

と母は満更《まんざら》でもない様子。

「じつは、このアップル・パイ、仕事場の近くにあるカフェの御主人に教わったの。ちょっと秘訣があってね、教わったとおりに作ってみたら、われながら上出来だったんで、さっそく御主人に味見してもらったわけ。そしたら、『完璧《かんぺき》だ』って。そんなふうに褒めてもらったのは生まれて初めてで――」

「ふうん。でも、それは御世辞《おせじ》だよ、きっと」

「それでも、いいの。まだ若かったころにね、カフェを開くのが夢だったのよ。小さな店でもいいから、とにかく居心地がよくて、おいしいコーヒーとおいしいお菓子があって、いい音楽が流れていて、ゆっくり本が読める店。いいでしょ？」

Apple Pie

「ふうん」

と気のない返事をしておいたが、じつを言うと、わたしもこのごろ、カフェなるものに憧《あこが》れていたのである。

憧れと言っても、母のようにカフェを開きたいわけではなく、単にカフェという大人びた場所にひとりで立ち寄り、カフェ・オレとかエスプレッソなんかを注文してみたいだけなのだが——。

「こうなったら、デザイナー稼業はひとまず休業して、カフェを開いちゃおうかしら」

何が「こうなったら」なのか、よく分からないけれど、とにかく母の夢はまだつづいているようなので、

「うまくいったらいいね」

とだけ言っておいた。いい娘である。

さて、シナモンの壜をひっくり返した黒猫は、はたしてシンクであったのか？

確かめるべく、わたしは夕ごはんのあと、自転車に乗って円田さんの家へ出向いた。

円田さんというのは、先にも書いたとおり、シンクの飼い主で、わたしと一緒に〈ミルリトン探偵局〉を結成している学者さんである。

――このあたりの詳しい事情は、前著『夜に猫が身をひそめるところ』を御覧いただくとして、

「こんばんは」

とお邪魔すると、見慣れた書斎の床に白いピンポン球《だま》のようなものが散乱していた。よく見ると、どれも書き損じの原稿のようで、

「どうしたんです?」

と書斎の主に訊《たず》ねたら、

「じつは、小説を書いているんだけど――」

と円田さんは妙な照れ笑いを浮かべている。

「いや、僕はもう学者稼業に愛想が尽きてね。労ばかり多くて儲《もう》からないし。ここはひとつ、何か面白おかしい小説でも書いて、創作の方に転向できないものかなと――」

そう言いながらも、円田さんの筆はあきらかに捗《はかど》っていない様子。ちょっと書いて

は原稿を丸め、机の前で腕を組んでいる。

「どうしてかねぇ、つい余計なことを考えちゃって」

「余計なことって、なんですか？」

「そう――たとえばさ、バナナのこととかね」

「バナナ？」

「そう、バナナをさ、果物屋やスーパーなんかで買ってくるでしょう？　そうすると、ひと房がだいたい五本くらいあって、そのうちの一本だけにシールが貼ってある」

「ええ。たしかにそうですね」

「でね、僕の経験からすると、どうも、あのシールの貼ってあるやつが、五本の中でいちばんうまいような気がするんだよ」

「え？　本当ですか」

「いや、これは本当に本当。試してごらんよ。絶対、そうなんだから。ここ数日、たてつづけにバナナを買ってきて実験してみたんだけど、まず間違いなくシールが貼ってあるやつがいちばんうまい」

「どうしてなんでしょう？」

「いや、だから、それをついつい考えちゃって、小説が一行も書けないんだよ。およその推理はあるんだけどね」

「さすが、円田名探偵。すでに推理を展開してるんですね」

「まぁ、あくまで仮説なんだけどね」――というのが円田さんの口癖だ――「シールが貼ってあるのは、だいたい真ん中の一本であることが多い。つまり、バナナというのは真ん中のあたりが一等うまいということになる。それで、あらためて観察してみると、真ん中の一本がいちばん長くて、端の方はそれより短い」

「え？　そうでしたっけ」

「つまりさ、バナナの実は真ん中から左右に広がりながら育っていくんじゃないかな。だから、店頭に並ぶときは真ん中だけが熟していて、そのあたりがちょうどいい食べごろになってる。これは、あくまで僕の仮説だけど」

「仮説って――バナナの成長過程なら、調べればすぐ分かりますよ」

「もちろん、調べれば分かるよ。でも調べない。シールが貼ってあるやつが一等うまい。

それでいいんだよ。事実、そうなんだし。だから、推理は余興なんだけどね」

でも、もし本当にそんなことばかり考えていて小説が書けないなら、さっさと調べて決着をつけ、バナナのことなんか忘れて小説に集中した方がいいような気がする。

「いや、音ちゃん、これはもう探偵としての性《さが》なんだよ」

「探偵ですか――」

「そう。探偵というのはね、事件があって呼び出されて推理するだけでは本物と言えないんだよ。なんら事件など起きていないけど、何か怪しいなと思ったら、自分で輪郭《りんかく》をつけていく。そして、ついに事件そのものを浮かび上がらせてしまう。これが本物の探偵だよ。だから、本物の探偵と犯人は紙一重《ひとえ》ってことになる」

さて？　わたしには円田さんの説明がよく分からなかった。

よく分からなかったので、「円田さんがこんなこと言ってたんだけど」と父に話してみたら、

「何もないところに輪郭をつけていくのは、むしろ小説家の仕事じゃないかな」

と父は腕を組んだ。

「だから、彼の場合、頭に浮かんだことをありのまま書けば、それがそっくりそのまま小説になるのにね」

わたしも父の意見に賛成だった。というより、父に訊くより先に、

「でも、円田さん、いまのバナナの話をそのまま小説にしちゃえば面白いのに」

と生意気な口調で言ってしまったのである。

すると円田さんは、

「いや、僕はどうせ書くなら、日常を抜け出た〈非日常〉の世界を描きたい」

と書斎から窓の外を見た。

「非日常ですか――」

「でも、そちらの世界へ行くにはどうしたらいいんだろう？　そこが難しいんだよ。どう考えても、バナナのシール一枚では、僕が思う〈非日常〉へ抜け出すのは無理じゃないかな。やはり、ここはひとつ――」

「あ、そうだ」

シールと聞いて、急に思い出した。

「あの、円田さん、話の途中で申し訳ないんですけど」

「え？」

「シンクって、いまここにいます？」

「シンク？　いや、今日は朝出ていったきりだけど――」

円田さんは時計を見た。

「もうそろそろ帰ってくるんじゃないかな」

「そうですか、それは楽しみです」

「楽しみって？」

わたしは、〈シナモン事件〉のあらましを、ざっと円田さんに報告した。

もし、シンクが首輪に〈シナモン〉のシールをつけて帰って来たら、昼間の黒くんは、シンクだったことになり、もし、そうでなかったら、シンクにそっくりな猫がいることになる。

「となると、我が愛猫が〈シナモン事件〉の犯人である可能性が高いわけか」

そう言いながらも、円田さんは楽しそうだ。

「でも、音ちゃんの言うとおり、黒猫って本当に見分けがつかないよね。それに、意外と表情が豊かでさ、気のせいかもしれないけど、ときどき、見たことないような目つきをしていたり、あれ？　こんなに耳が大きかったかなぁ、なんて思うこともあるし」

「もしかして、別の猫と入れ替わっていたりして」

「そうなんだよ。名前を呼んでも知らぬふりをしてることがあるからね」

その夜、たまたま父が仕事の帰りに円田さんの家に寄り道をした。

「ひさしぶりに将棋《しょうぎ》が指したくなって」と呑気《のんき》な父。

「いいですねぇ」と円田さんも呑気な返事。

父と円田さんは、ときどきこうして思い出したように将棋を指し、たいてい決まって父が惨敗する。その日も父は見事に三連敗し、

「そろそろ退散するか」

と敗北宣言をしたのが、午後十時をまわったころだった。

わたしは将棋盤から少し離れたところに座り、円田さんの小さなラジオを耳にあてて

聴いていた。そうして、なんとなくシンクを待っていたのだが、結局、その夜は帰らずじまいだった。

「桜、もうすぐだねぇ」

開花を待つ桜並木を父と二人で自転車を押しながら帰った。

「あのさ――」

わたしはふと、父に訊いてみたくなった。

「子供のころ、大きくなったら何になりたいと思ってた?」

「野球の選手だな」

父は迷わずそう答えた。

意外だった。父が野球観戦をしているところを見たことがない。父は野球が嫌いなのだと思っていた。

「早く咲かんかなぁ」

見上げる父のうしろ姿に、わたしはなぜか胸がどきりとした。

バディ・ホリー商會

Cinnamon Cat Fantasy

齢《よわい》、二十二歳。男前。細身のスーツに細身のネクタイ。地味でも派手でもなく、背筋がきりっとしていて礼儀正しい。敬語もまずまずで腰も低い。しいて言えば、言葉の歯ぎれがいささか悪い。すぐに口ごもる。「ええと――」と言ったきり直立不動になることもしばしば。先輩たちに言わせれば、「あと一歩の覇気《はき》が欲しいところ」。しかしまぁ、総じて健全優良なる新入社員ではあった。

で、この長瀬君が入社した〈バディ・ホリー商會〉なるは、横浜の下町で輸入卸《おろし》業を営む小さな会社である。何を卸しているのかといえば、世界各国、東西南北、あらゆる港から送られてきた香辛料、すなわちスパイスであった。

スパイスとひと口に言っても、じつに多種多様で、胡椒《こしょう》、ジンジャー、バニラ、唐がらし、といったあたりは誰でも知っているだろうが、サフラン、セージ、ナツメグ、となると首をかしげる人が少々。

これがさらに、アニス、オレガノ、カルダモン、となってくると、「なんのことやら」と舌打ちする人も。

しかし、われらが〈バディ・ホリー商會〉、かような舌打ちにもめげず、勇気をもってパプリカを売り、愛をこめてバジルを売り、ついには、ガラムマサラなどという訳の分からぬものに至るまで、なんとかかんとか、どうにか売りさばいてきた。

創業一九五七年——。

ラジオからバディ・ホリーのロックン・ロールが流れていた時代である。吹けば飛ぶような古ビルの一角にしがみつき、小粒でぴりりとした商いを守り通してきた。

「ええと——それで、〈バディ・ホリー商會〉という名前になったわけですね?」

長瀬君、新入社員らしい質問である。

「そうそう。うちの社長が好きだったんだよ、バディ・ホリー。飛行機事故で死んじゃったけどね」

答えたのは長瀬君が配属された営業部の石山部長。五十二歳。独身。

ものすごく肩幅が広い。

「肩身は狭いけど、肩幅は人一倍広いんだ」

それが口癖で、スーツは特注。ネクタイの幅も驚くほど広く、この幅広ネクタイをなびかせる行動派だが、意外にも書類はすべてきっちり揃えて角を出す。机の上には埃《ほこり》ひとつない。声が大きく、なんでもきっぱり言う。

「おお、君が噂の長瀬君か」

ひときわ大きな声で握手をもとめ、なぜか「わはは」と笑って、

「俺は石山な。みんなにはイッシーって呼ばれてる。君は新入りなんだから、そんなふうに呼んだらいかんよ。石山部長と呼んでくれ。頼んだぜ。わはは」

万事、こういう調子である。

悪い人ではない。

涙もろく、酒がはいると美空ひばりの『港町十三番地』を歌い上げて泣く。その歌が

好きだった亡父を思い出すらしい。長瀬君の歓迎会でも自慢の喉を披露《ひろう》し、

「ひばりはいいよねぇ。ハマはいいよ。長瀬君、君は知ってるか？　ひばりはハマの生まれなんだぜ。俺とおんなじハマっ子よ」

そう言って、いきなりぼろぼろと泣いたのである。

「ええと――そうすると、社長さんは飛行機事故で亡くなられたわけですか」

長瀬君、また質問である。長瀬君はいま、石山部長と二人で横浜市内の小売店を一軒一軒歩き、営業の手ほどきを受けているところである。

「え？」

石山部長、長瀬君の突飛《とっぴ》な質問に一瞬たじろいだが、

「いやいや、そうじゃないよ。社長じゃなくてさ、死んじまったのはバディ・ホリーの方な。昔のことだぜ。バディ・ホリー、知らない？　いや、もっとも、俺だってよくは知らんのだけど」

笑いながら長瀬君の肩をひとつふたつ叩《たた》いた。叩かれながら長瀬君は、

「いや――あの――じつは僕――まだ社長さんにお会いしていないものですから」

いよいよ口ごもってきた。

「そうかそうか、なるほどな。しかしまぁ、それは仕方ないことだ。俺だって社長にはたまにしか会わないし」

「そうなんですか？」

「そうなんだよ」

「――――」

「いや、眠いんだよ、うちの社長」

「眠い――んですか？」

「そう。眠いの。眠い社長ね。眠くって眠くって、とにかく、すぐ寝ちまうんだ」

「それはあの――病気か何かで？」

「いや、うちの社長の眠気は病気じゃなく、医者にもよく分からんって。ただ命に別状はないようで、まぁ、とにかくただ眠いだけなんだよ」

「ということは、その――社長さんはどこかで眠っていらっしゃるんですか？」

「そう、たいていはね。社の四階に小さな部屋があって、そこがいちおう社長室でさ、朝、そこへやって来ると、コーヒーをたんまり飲んで、眠そうに朝刊を開く。でまぁ、夕方まで眠って。起きると、また眠そうに夕刊を開いて、読み終わると帰っていく。『眠いなぁ』ってぼやきながら」

長瀬君、しばらくの絶句。

春の午後の光が街路樹ごしに二人に降りそそいでいた。

「いや、でもね、うちみたいな小さな会社が常にハマでピカイチの成績を上げてきた秘密は、眠い社長にあるんだよ。知らなかったろう？　まぁ、そのうち分かると思うけど」

石山部長は目を細めている。

長瀬君はまだ行ったことのない「四階」を想った。

夕陽が射す廊下の奥の閉ざされた扉。その扉の向こうには、眠い社長——。

長瀬君は、「そのうち分かる」のがなんだか怖くなって、目を細めた。

春はあちらこちらから風が吹き、時間は渦を巻いて去ってゆく。

花も散って、あっという間の二週間。

長瀬君は二週間の研修期間を終え、レポートを提出しなくてはならなかった。

テーマだけは決めてあった。

〈バディ・ホリー商會における桂皮《けいひ》の未来〉

テーマを決めた長瀬君は、さっそく石山部長に報告したが、

「長瀬君な、桂皮はよそうよ、桂皮なんて言うと、経費みたいじゃないか。せいぜい、ニッキとかシナモンとか、カタカナで言ってくれ。いや、これは重要なことなんだ。胡《こ》椒《しょう》もいかんぞ。故障みたいだろ？　かならず、ペッパーと呼ぶように」

たしなめられた。

「というより、長瀬君な、なんでもカタカナで考えることが重要なんだよ。うちの社名だってバディ・ホリーだろ？　これが人気の秘密よ。ハマっ子は昔っから横文字やらカタカナやらに慣れてるからね。それに、カタカナの商品には魔力が宿る。そもそも、〈香辛料〉なんて言うより、〈スパイス〉と言った方がぐっとくるだろ？　魔法だよ。俺

たちの商品は、そんな魔法めいたカタカナに充ちてる。コリアンダー、ターメリック、ローズマリー。な？　どれもカタカナだよ。すべてカタカナ。カタカナで行こう。カタカナでゴーだ」

「――――」

「まぁ、俺もいまでこそ、こんなこと言ってるけど、じつを言えば、若いときに苦労したんだよ。ほら」

部長が机の引き出しから取り出したのは使い古した手帳だった。

「これ、俺の仕事の記録。日記っていうか――メモだけどね」

開かれたページを長瀬君が覗《のぞ》き込むと、細々《こまごま》とした文字で埋められていた。しかも、すべてカタカナが使われ、一見、何が書いてあるのか分からない。

「す――すごいですね」

解読できないので、そう言うしかない。

「カタカナ思考って言うの？　とにかく、なんでもカタカナで勝負だよ。俺はいまでもメモはすべてカタカナね」

そういえば、部長のデスクに、

「ホンジツキシャセズ。デサキヨリチョッキス」

とメモが置いてあるのを見て、最初はまったく理解できなかった。

チョッキスが「直帰す」で、「出先から直接帰宅する」という意味であることも長瀬君は知らなかった。まるで暗号のようだった。

「まぁ、ざっとこんな感じだよ。われわれの仕事は横文字の世界なんだ。な？　間違っても、〈香辛料〉などと言ってはいかん」

部長はなぜか得意げである。

「とにかく、これ、俺のお勧め。カタカナの日記ね。騙《だま》されたと思って、さっそく今日から始めたらいい。カタカナでゴーだ。ゴー・アンド・ゴー・アンド・ゴーだよ」

というわけで、長瀬君、カタカナの日記をつけることになってしまった。

カタカナでその日あったことを考えては、カタカナで書き綴《つづ》る。

（キョウハ、ヨイテンキダッタノデ、イシヤマブチョウト、カンナイノショクリョウヒンテンヲシサツシタ。ツカレタ。）

こういう具合である。

日記に限らず、なんでもカタカナで書くよう心がけた。それなりに新鮮ではあった。カタカナで記録された一日は、なぜか不思議な歪《ゆが》みを見せる。その歪みは、〈スパイス〉の世界そのものでもあった。

「どうだい、レポートの方は？」

一週間が経って、石山部長が長瀬君の脇腹をつついた。

「ええと――そうですね、ちょっと難航していて――あ、カタカナ日記の方は毎日欠かさずつけています」

長瀬君、本当は少し欠かしていたが、限りなく事実に近くはあった。

「うんうん、そうかそうか。しかし、レポートの方はあさってが締め切りだぞ。難航っていうのは、どんな具合なんだ？」

「いや、その――なんというか――僕なりのスパイス観と言ったらいいんでしょうか――これぞという言葉が見つからなくて」

「スパイス観か。なるほどな――」

石山部長は少し考え、

「よし。仕方あるまい。こうなったら、俺が長年あたためてきた極上のコピーを君に進呈しよう」

眉の両端をぐっと吊り上げ、

「スパイスとは小さな爆弾である」

やや声をひそめながらも、きっぱりそう言った。

「な？　これを君のレポートの一行目にしたらいい」

長瀬君、しばらく黙っていたが、決して返答に窮《きゅう》していたわけではない。

じつを言うと、そんな一行こそ、自分の探しもとめていた言葉であると気づき、それをきっぱり言ってのけた石山部長という人に驚いたのである。

(スパイスとは小さな爆弾である)

長瀬君は心の中でそのフレーズを繰り返した。

たしかにそうなのだ。自分がスパイスに魅《ひ》かれるのは、まさにそこなのである。

たったひと粒の黒胡椒の一撃。

ほんのひと匙《さじ》のシナモンがかもし出す異国情緒。

それは人の口の中という小さな世界の出来事だが、確実にその小さな世界を変えていく革命である。革命を起こすなら爆弾だ。なにも大きな世界を変えることだけが革命ではない。ささやかな革命のための、ささやかな爆弾。それがスパイスである。

その夜、長瀬君は熱に浮かされたようにレポートを書いた。

スパイスに懸ける自分の情熱をすべて注ぎ込みたいと思った。あまりに熱が入り、アパートの窓を開けて、夜風を浴びながら何度も書きなおした。うまく書けないのではない。興奮しているせいで、ついカタカナで書いてしまうのだ。この一週間、なんでもカタカナで書いてきたせいだ。

スパイストハ、チイサナバクダンデ――じゃなかった。

コウシンリョウ――なんて書いてはいけないのだ。

クロコショウノイチゲキ――カクメイ――バクダン――。

書きかけては、破って丸め、（エエイ、チクショウ）とばかりに窓の外に放つ。

草木も寝静まる春の夜、ぽつんとひとつ明かりがともされたアパートの窓から、次々と丸められたカタカナが投げ捨てられていく。


レポートは好評だった。

「よかったよ、長瀬君」

と石山部長も絶賛してくれた。

「見事にカタカナ思考が炸裂《さくれつ》してた。じつにスパイシーで、君のシナモンに対するヴィジョンは群を抜いてた。それでだ――」

部長が咳払いをした。

「いいか、よく聞いてくれ。じつはな、君を伝統あるわが社の〈シナモン担当員〉に任命することが正式に決まったんだ。いいかい？　これは本当に名誉なことなんだ。大体、新入社員が最初に担当するのは、〈ゴマ〉と相場が決まってる。ゴマ二年、胡椒三年、ミント二年だ。それでようやく一人前のスパイサーになれる。その先、ジンジャー、パプリカ、そしてシナモンを担当するのは、本当にひと握りの選ばれた人間だけなんだ」

「――はい」

「気張ってくれ。おりしもスパイス業界では、水面下でシナモン戦争が起こりつつある」

「シナモン戦争？」

そこで部長は急に声を落とし、

「屋上へ行こう」

と長瀬君を促《うなが》した。

屋上にのぼったのは初めてである。見晴らしがいいとまでは言えないが、風がいい具合に吹いてきて、たいへん気持ちがよい。

部長は両手の拳《こぶし》を空に突き上げ、「おおおお」と背伸びをした。

「いい按配《あんばい》の風だ、長瀬君。おおおお。この風を忘れるな」

長瀬君、ときどき出る石山部長のこういう言動が分からない。

「人は風に吹かれて、おおおお、大きくなるんだ。いや、長瀬君な、じつは、兆《きざ》しがあるんだよ」

「兆しですか?」

「シナモンがくるんだ」

「シナモンが——くる?」

「いや、最初はデマにすぎなかったんだが——そういうことはよくあるんだよ。前にも、『カルダモン・フィーバーがくる』なんて、とんでもないデマが流れたことがあって、結局、踊らされたのは俺たちだけ。消費者はまったくの無視。あのときは泣いたな。いまでも、うちの倉庫には、向こう五十年分のカルダモンが眠ってる。思い出したくもないけどな。しかし、今回のシナモンの件は、ちょいと違うんだ。かなり有力な筋からの情報で、これは確実にくる。太鼓判だ。シナモンの大流行。明けても暮れてもシナモン。

つまりは、戦争の始まりだ」

「はぁ」

「はぁ、じゃないんだ。このハマでシナモンを売りさばいているのは、〈バディ・ホリー商會〉だけじゃない。君も知ってのとおり、ハマには〈ジャコメッティ商會〉という宿敵がいる。風の噂では、すでに新しいシナモンの研究に取り組み、前代未聞のシナモンを商品化しようとしてるらしい。いや、俺はね、いまこそ言うけど、シナモンが好きなのよ。シナモン・イズ・キング。ここだけの話だけどね。だから、俺はこの戦争にだけは負けたくない。な？　ぜひ、君のスパイスに懸ける熱いパッションを見せてくれ」

長瀬君、「いまこそ」などと言われてしまったが、「いまこそ」も何も、ついこのあいだ入社したばかりである。

しかし、もうどうにもならない。

（なんだかよく分からないけれど、部長がここまで言う以上、自分はもう、「熱いパッション」を見せるよりほかないのだ）

長瀬君は屋上から町を見おろした。

すぐ真下を大岡川《おおおか》が流れている。ゆるやかな流れだった。流れているのか流れていないのかそれも分からない。鏡のような川だった。

(サテ、イカニシテ、シナモンヲウレバヨイノカ?)

長瀬君、風に吹かれながら、しばし川を眺めた。

「シナモン? さぁて、シナモンなぁ。うちは焼き鳥屋だからさ、山椒《さんしょう》だの七味なんかのことだったら少しは分かるが、シナモンって、そういうハイカラなもんはなぁ——」

煙の向こうで大将が首をひねっていた。

午後六時。長瀬君と石山部長は、ハマの下町・野毛《のげ》の焼き鳥屋〈とりりん〉にいる。

「長瀬君な、この大将、こんなこと言って江戸ッ子ぶってるけど、ご覧のとおりのモンロー・マニアよ」

店中どこを見ても、マリリン・モンローのピンナップやポスターで埋めつくされ、しかも、かなり年季が入っている。

哀れにも、モンロー、煤《すす》まみれである。

もちろん、〈とりりん〉なる店名の由来は言うまでもない。

しかしながら、この大将、ねじり鉢巻の江戸ッ子には違いなく、黙々と鶏を焼く横顔は舞台に立たせたいようないい男。ただし、モンローの幻影を追い求めるあまり、いまだ独身という筋金入りのマリリン大将である。

「なんでもいいんだよ、大将。なんかこう、シナモンでピンとくることはないかな？　うちの長瀬、これからは俺、こいつのことをシナモン野郎って呼ぶことにしたんだけど」

（え？）と長瀬君。

「このシナモン野郎に何かヒントをくれないか」

長瀬君、石山部長のこういうところも分からない。

たしかに、「マリリン」はカタカナだが、根は江戸ッ子で、スパイスと言えば、「七味」と答える大将である。なにゆえ、この大将がカタカナ的にシナモンの未来を展望できるというのだろう。

「そうだなぁ」

大将が腕を組んだ。

「そういやぁ――こないだっから、このあたりをうろうろしてる猫がいてさ、そいつがシナモンって、みんなに呼ばれてる」

「ほう」と石山部長。

「黒いんだよ。ちびだけど、なかなかの器量でね。このあたりの人気もん。昨日もさ、夕方だな、よし、店をあけるかって頃合に、裏で鳴き声がして、ちょいと残ってた鶏があったんで、奴にやろうと裏口に出たのよ。そしたら、隣の酒屋の奥さんだの、裏手の文房具屋の旦那だの、あちこちからぞろぞろ出てきて、みんな何か隠し持っていやがる。よく見たら、猫のごはん。笑ったよ。ここいらのみんなで可愛いがってんだ」

「野良猫なんですね」と長瀬君。

「いや、それが首輪をしてるんだよ。赤いきれいなやつ。そいでもって、その首輪に『シナモン』って名前がはいってた」

「どこかに飼い主がいるんですかね」

「さぁてなぁ――みんな、知らねぇみたいだけど、餃子屋《ぎょうざや》の信《しん》ちゃんが言うには、川向こうから来てるんじゃないかって」

「川向こう？　って伊勢佐木町《いせざき》ですか」

「分かんねぇけど、とにかく、橋のあたりから小走りにくるのを見たって」

「ふうん」

石山部長、急に低い声を出し、何ごとか思い出している様子。

「いや、それで、その猫がね」

大将は手もとにあったコップ酒をきゅっとやった。

「その猫が、名前だけじゃなく、なんかこう、シナモンの香りをふりまくんだよ。鼻がよくないオレなんかでも分かるくらいの甘い香り。ありゃ一体、なんだ？」

「シナモンの匂いを――猫がですか」

長瀬君、つぶやきながら妙な妄想に誘われた。

この横浜のどこか――たとえば、野毛山のあたりにシナモンの大木が生えている。それはそれは、ものすごいシナモン。あたり一面、シナモンの香りが漂うほど。どこかの豪邸の庭先かもしれない。いや、きっとそうだ。黒猫はその豪邸の飼い猫で、庭のシナモンの大木の洞《ほら》をねぐらにしている。シナモンが好きなのだ。横浜生まれのハイカラ・キャット。シナモン・キャットである。で、昼は洞でぐっすり。しかし、夕方になると優雅な身のこなしでシナモン・ツリーを抜け出し、澄まし顔で下界におでましになる。山の手の生活に飽きた黒猫様は、下町の庶民の御飯の匂いに誘われるのだ。

その夜、長瀬君はふたたび熱に浮かされたようにペンを走らせた。

「シナモン・キャット」の物語である。

またしても、興奮のあまり、ついついカタカナが出てしまう。

「モノスゴイシナモン――」

(おっと、いけない)と丸めて窓から捨てる。

(だが、悪くないぞ)

「コレハイケル」

長瀬君はカタカナで確信していた。

「付加価値？」

石山部長は長瀬君の真摯《しんし》な眼差しを見返していた。

「ええ、そうです。昨日、大将の話を聞いて思いついたんです。つまり、シナモンに物語を付加するんです」

「物語って？」

「この世のどこかに、〈ものすごいシナモン〉というシナモン・ツリーがあるんです。伝説のシナモンです。どこにあるのかは分からない。でも、言い伝えでは、〈シナモン〉という名の小さな黒猫だけが、そのシナモン・ツリーのある場所を知っているんです。そこで、当バディ・ホリー商會は、この伝説のシナモン・キャットを探し出し、ついに、〈ものすごいシナモン〉を発見した——とまぁ、こんな具合に宣伝を打つんです」

「おいおい、長瀬君、俺もこの業界には長いけど、そんな話、聞いたこともないぞ。そんなの、すぐに嘘だってバレる。子供だましはいかんだろう？　われわれはプロなんだ。大体、そんな馬鹿げた話、誰が信じるよ？」

「そうじゃないんです。これはあくまでイメージ戦略なんです。そういう童話めいた物語を付加することで、これまでのシナモンとは何か違うぞ、と思わせるんです」

「イメージ？　ふうむ――たしかに、スパイスにイメージを付加するというのは考えたこともなかった」

「もし、これが成功すれば、さまざまな展開が考えられます。〈驚きのパプリカ〉とか、〈とてつもない山椒〉とか」

「ほう。なるほどな。たとえば、あれだな――〈なつかしのバニラ〉とか。うんうん、なるほど、なるほど。これはいけるかもしれん――いや、もしかして、これはすごいことになるかもしれんぞ。長瀬君、この調子でいけば、あの倉庫に眠る五十年分のカルダモンだって――」

「そうです。〈眠りの国のカルダモン〉なんて名づけたりして、次々に物語を付加していけばいいんです」

「おお。おお。これはすごい発見だ。シナモン野郎、やったじゃないか」

しきりに長瀬君の肩を叩いた。

「よし、善は急げだ。さっそく制作部にダミーを作ってもらおう」

通常であれば、このようなプレゼンテーションは企画部の仕事なのだが、会議は弾《はず》み、売り場の最前線に近い者の発想も取り入れてみようということになった。

かくして、〈ものすごいシナモン〉の商品計画は石山部長と長瀬君に任ぜられ、二週間後には早くも商品のダミーが完成した。

小さな袋の中に、上質なシナモンと、長瀬君の考案による「シナモン・キャット」の物語が綴られたブックレットが入っている。

「シナモンがくる」という噂に乗じるには最適なパッケージだった。

「乾杯！」

午後六時。空には一番星。

長瀬君と石山部長は、おなじみ、煤まみれのマリリンに囲まれていた。

「よく分かんないけど、御両人、ご機嫌だねぇ」

大将、今宵もねじり鉢巻がきりりと白い。

「大将の話がヒントになったんです。あの黒猫の話、あれで思いついちゃったんです」

長瀬君、いつになく饒舌《じょうぜつ》である。

「いや、本当にいいもんが出来そうだ。これなら、〈ジャコメッティ〉にも負けんぞ。シナモン戦争はわれわれのものだ。ヴィクトリーだ」

石山部長のカタカナも、もちろん饒舌である。

「ところで大将、黒猫のシナモンは最近どうです？」

長瀬君、口の端にビールの泡をつけて質問。

「いや、それが近頃とんとあらわれなくなっちまってさ、みんな寂しがってんだよ」

「そうですか」

「どうしたかねぇ。猫ってやつはどうも気まぐれでさ、人の心をもてあそぶからいけねぇな」

「そう、特に黒猫はね」

と石山部長までしんみりしている。

「あれ？　部長も黒猫にもてあそばれたクチかい？」

さりげなく鋭い大将の質問。

「いや、そういうわけでもないんだけど——まぁ、昔ね。ずっと昔の話。みんなで可愛がってた猫がいてさ、黒猫でね。いい猫だったな。俺はそのころ学生で、川の向こうっかわ、伊勢佐木町のイタリアン・レストランで皿洗いをしてたんだけど、毎晩、来るんだよ。洗い場の裏へあらわれて、ぴいぴい鳴いて。で、バイトの連中みんなでピザの余ったやつとかあげてたんだけど、あるときから、ぱたっと来なくなって。そしたら、なんとなくみんなそのバイトを辞《や》めちゃってさ。俺もまぁ、それで辞めたんだけど。こないだ、大将の話を聞いて、ひさしぶりに思い出した」

「ほう。で、その黒猫はなんて名前だったの？」

「ボレロ」

「ボレロ？　そりゃまた、ハイカラな名前だね」

「まぁ、シナモンの香りこそしなかったけど、黒くてちびで、やっぱり赤い首輪をしてた。でね、そいつ、かならず川の方から来るんだよ。俺たち、よく言ってたんだけど、こいつ、きっと野毛町のあたりから橋を渡って来てるんじゃないかって。おかしいだろ？　こないだの話とちょうど反対。でも、あれだぜ。これはもう三十年も前の話な」

（いや、でも）と長瀬君は思う。

あるいはもしかして、そのボレロという猫は、三十年という時間の川を渡り、シナモン・キャットになって帰ってきた――そういうことだって、あるかもしれない。

（そんな物語があったっていい）

ところが――。

「却下《きやっか》――」

「え？」

「却下だそうだ、長瀬君。こればかりは社長の判断なんで、俺にはどうにもならん」

石山部長、別人のような低い声。ため息とともに、〈ものすごいシナモン〉のダミーを長瀬君のデスクに置いた。

「社長が言うには、『中身がないものは駄目だ』と。創業以来、わがバディ・ホリー商會は中身で勝負してきたのだ、と。いくら外側が面白おかしくても、〈ものすごいシナモン〉と銘打つ以上、中身こそがものすごいものでなければ駄目だ、と。まぁ、おおむねそういうことらしい」

長瀬君、絶句である。

たしかに面白おかしい物語で彩《いろど》ってはいる。しかし、中身だって、これまでどおりの伝統ある良質なシナモンを提供するのだ。

「いや、長瀬君な、社長はいつでもこう言うんだ。『とにかく、目がさめるようなスパイスを！』って。な？　君は知らんだろうけど、あの眠たげな顔でそれを言われると、さすがの俺も返す言葉がなくて――」

長瀬君、しばらく沈黙していたが、石山部長の目を見ず、

「それなら、僕が社長に直談判《じかだんぱん》してきます」

却下された〈ものすごいシナモン〉を手に取った。

デスクを離れ、エレベーターを通り越し、階段を使って四階へのぼった。なぜか、そうするべきだと思った。

四階へのぼったのは、それが初めてで、他の階と空気がまるで違っていた。水底のようにしんとして、動くものの気配がない。目の前にはただ廊下があり、長瀬君が思い描

いていたとおりの夕方の陽の光が射していた。

それにしても、長い廊下だった。歩くたび、「みしり」と音がする。

みしり、みしり、みしり、みしり——。

ようやく突き当たると、そこが社長室で、しばらく社長室のドアノブを見つめていた。何の音もしない。いびきのひとつでも聞こえるかと思っていたのに。

「目がさめるようなスパイスを！」

まだ聞いたことがない社長の声が頭の中に響いた。

名言かもしれない。たしかに、「眠い社長」ならではの要望だ。

石山部長が言っていた。うちみたいな小さな会社が、いい成績を上げつづけてきた秘密は「眠い社長」にあると。きっと、そうなのだろう。

（いや、そうなのだ）

長瀬君は急に理解した。おそらく、いま自分がこのドアをノックしたところで、社長が目をさますことはない。眠りの中に信念が守られているのだから。

それでこその「眠い社長」なのである。


屋上に出た。風が強い。

誰か先客がいる、と思ったら石山部長だった。自慢の広い肩で風を受けとめて空を見ている。

「おお――ずい――早かったじゃ――か――社長――会えたのか？」

風の音に声がかき消された。

「いえ――社長は――眠っているようでした」

石山部長は黙ってうなずいている。しばらく風に吹かれて沈黙していた。幅広のネクタイと細身のネクタイが並び、風になびいて音をたてている。

「いや、いいと思ったがなぁ。〈眠りの国のカルダモン〉。なかなかだよ、長瀬君」

部長の声に、長瀬君はポケットの中の〈ものすごいシナモン〉を握りしめた。

「けれど、仕方ない。風に吹かれて、風と共に去りぬだ。また一から考えなおせばいい。

まだ始まったばかりだ。君ならやれるよ。ゴー・アンド・ゴー・アンド・ゴーだ」

そのとき、長瀬君は石山部長の「ゴー・アンド・ゴー」を耳にしながら、見おろした川の流れが気になっていた。

「ん？　どうした」

「いや――川の流れが」

「川？」

「いつもより速いような気がして」

雨が降ったわけでもないのに、遠目に見ても流れが速いように感じられた。

「そうだな。たしかに速いな」

川を見おろして三十年の石山部長も目を凝らしている。

「ん？」

長瀬君、屋上の手すりから身を乗り出すようにして川を覗き込んだ。

「あれはなんでしょう？　ほら、あそこの、あの橋のすぐ下」

「ふうむ。舟かな？」

「舟ですね。すごく小さな——あれ？　何か乗ってません？」

「そうだな——」

「あれって、もしかして」

「おお」

「僕には黒い猫に見えます」

「いや、俺にもそう見えるよ」

「あ、いま赤い首輪がちらっと見えました」

目で追う二人に川面の反射光が容赦なくはねかえり、一瞬、視界が真っ白になった。

「部長——いま、たしかに」

「ああ」

「黒猫が——」

「ああ」

「それとも——幻だったでしょうか」

「ああ」

川面は鏡のように静まりかえり、長瀬君は目を細めながら、
（ポケットノナカノシナモンガ、アマクカオルヨウナキガシタ）
日記にはそう書いておこう、と思った。

ミルリトン探偵局・2

鏡の国の入口

この春休みが終わったら、覚悟を決めて、「受験生」になろうと思っていた。

なので、休みのあいだは何もせず、ただ、ごろごろのんびりしていようと決めたのだ。

それなのに、午前中は毎日のように母と卓球をすることになってしまい、お昼ごはんを食べたら、そのあとは円田さんの家へ行く決まりになっていた。円田さんが執筆している小説を、「わたしが清書してさしあげましょう」などと、うかつな約束をしてしまったからである。

ダイエットと安請《やすう》け合《あ》いに苦しむ自業自得《じごうじとく》の春休み。嗚呼――である。

ところで、シンクのその後なのだが、まだ帰って来ないのである。

円田さんが言うには、「一週間くらい帰らないときもある」らしいのだが、もう、かれこれ五日になる。

もしかして、首輪に妙なシールを貼られたのが気に入らなかったのか？

そのうえ、「犯人」呼ばわりされたりして、へそを曲げてしまったのかもしれない。

いや、それとも、あのときの黒猫は、じつはシンクではなく、どこかの見知らぬ猫だったということも考えられる。でもそうなると、なおさらシンクは、どこへ行ってしまったのだろう。

いずれにしても、謎はシンクが背負ったままだった。


「そのうち、ひょっこり帰ってくるよ」

円田さんは書斎で渋茶をすすりながら涼しい顔をしていた。

相変わらず、床いっぱいに書き損じの原稿用紙が丸めて捨てられている。拾い集めてゴミ箱に捨てようとすると、

「ああ、音ちゃん、それはそのままでいいんだ」

と円田さんは手をひらひらさせた。

「いや、なんていうか、こう——部屋が適当に散らかっててさ、雑然としている方が小説を書いている気分になれるんだよ。なんだか、あんまり整っていると、かえって気が散っちゃって。少しくらいノイズがあった方がいいんだよ。まぁ、気のせいだと思うけど」

円田さんは意外に神経質な人で、そばにいて観察していると、非常に興味深い。たとえば、原稿用紙を丸めるたび、

「違うなぁ。もっと気楽なもの、もっと気楽なもの」

とそう言って、ボサボサの髪をかきあげる。これにも理由があり、

「なんていうか、髪がボサボサしている方が小説書きみたいだから」

だそうである。

しかし、ずいぶんとボサボサになっているのに、まだ一行も書いていない。張りきって「清書係」を名乗り出たわたしとしては、出番がなくて面白くなかった。それで、ついつい意地悪な質問のひとつもしてみたくなる。

「その、円田さんの言う気楽なものって、どんなものなんです？」

「え？　そうねぇ――」

　腕組みが出た。

「まぁ、その、なんていうか、エンターテインメントっていうのかな。このあいだも言ったけど、僕はどうせなら、日常的じゃない世界を書いてみたい」

「でも、気楽なもので日常的じゃない世界って難しくないですか」

「そう――たしかになぁ」

　長い腕組み。

　ちょっと、意地悪が過ぎたか――と、うつむき加減の横顔を見て見ぬふりをしていたら、急にわたしの顔をまっすぐ見た。

「いや、じつは、ひとついいアイディアがあってさ。音ちゃんを見ていて思いついたんだけど」

　え？　どきり。なんだろう？

「いや、音ちゃんは、ときどき、いまみたいに僕に意地悪な質問をするだろう？　その感じが、どことなくアリスを思わせるんだよ」

「アリス？　って、あの不思議の国のですか」

「いや、むしろ、鏡の国の方かな？」

「『鏡の国のアリス』ですか。わたし、『不思議の国』しか読んだことがなくて」

「そう？　それは惜しいね。鏡の国の冒険も、なかなか面白いよ。なんでもさかさまになっちゃう世界の冒険」

こういう話になると、円田さんは俄然《がぜん》いきいきしてくる。

「冒険のあたまに一冊の本が出てくるんだけど、これが全部、左右さかさまでさ、つまりちょうど鏡に映したときのように文字が印刷されているんだよ」

「じゃあ、鏡に映せば、ちゃんと読めるわけですね」

「そう。ただね、鏡に映してもさかさまにならない文字があって」

そう言いながら、円田さんは原稿用紙の余白に何か書いてみせた。

「たとえば、ほら」

書いたものを見ると、
日本・東京・六本木

と縦に書いてある。一瞬、なんのことか分からなかったけれど、しばらく眺めているうち、「ああ、そうか」と気がついた。

日本・東京・六本木は、鏡に映しても、そのまま日本・東京・六本木と読める。

「ね？　面白いだろ」

円田さん、得意げである。

「まぁ、そんなに感心するほどのものではないけれど、要はシンメトリーな文字は鏡に映しても同じってことだよ。漢字って、けっこう左右対称が多くてさ、そのうえ、日本語は縦書きが主だから、たとえば、

〈楽器〉

と縦に書くと、〈楽〉と〈器〉という文字がそれぞれシンメトリーなだけじゃなく、〈楽器〉という言葉そのものが左右対称になる」

「たしかに」

「そうすると、ただ単に文字がシンメトリーになっているだけじゃなく、その意味までもがシンメトリーのように思えてくる」

「意味も、ですか？」

「そう。つまり、〈楽器〉なるものは鏡の国でもこちらの世界でも、まったく同じ姿かたちで存在してるんじゃないかって。さかさまにならないわけだからね。とすれば、〈楽器〉という存在を入口にして、こちらからあちらへ透《す》けて行けることになる」

「透けて行ける？」

「つまりね、その一点においては、鏡の中もこちらも同じなんだから、そこで境界線が消えて、するっと鏡の国へ入って行けるんじゃないかって」

「楽器が鏡の国の入口になるわけですね」

「楽器に限らず、日本でも東京でもいいんだけど、とにかくシンメトリーな文字で表されるものは、すべて鏡の国に通じてるんじゃないかな」

なるほど！

ようやく、円田さんの書こうとしている小説が見えてきた。

「円田さん、それ、面白いじゃないですか。それを小説にしちゃいましょう」

「いや、音ちゃん、そう簡単にはいかないんだよ。大体、僕はルイス・キャロルじゃないんだし——ただ、ここに僕が書きたい小説の入口があるような気がする」

「ありますよ、きっと。そういえば、〈口〉っていう字もシンメトリーですね」

「そう。ついでに言うと、〈出口〉もシンメトリーだよね。でも、〈入口〉は惜しくもシンメトリーじゃない。だから、鏡の国というのは出口ばかりが口を開けていて、なかなか入口は見つけにくいようになっているんだよ」

「でも、その入口さえ見つければ、そこから小説が始められるわけですね」

「うん。まぁ、そういうことかなぁ」

「なんだか頼りないですね。わたしは、だんだん面白くなってきました」

「そうか。やっぱり、鏡の国の冒険は少女に限るんだな」

「だって、せっかく、日本も東京もシンメトリーなんですから、この調子で探していけば、どこか身近なところに鏡の国の入口が見つかりそうじゃないですか。六本木じゃ駄目なんですか？　六本木のどこかに『鏡の国の入口』があるっていうところから物語を始めちゃいましょう」

「いや、六本木は、ただ木が六本あるだけで、肝心の〈口〉がないんだよ。やっぱり、冒険の始まりには、別世界に入り込んでいく〈入口〉がほしい」

円田さんは原稿用紙に次々と左右対称の漢字を書き始めた。

わたしも真似して書いてみる。

〈大〉――〈中〉――〈茶〉――〈未来〉――。

あっ、月・火・水・木・金・土・日って、ほとんどシンメトリーだ。

月と水が微妙に違うけど、まぁ、鏡に映して読めないこともない。

いやいや、そんなことはどうでもいい。見つけるべきは入口のある場所だ。

でも、東京に「口」がつく地名なんてあったかしら？　しかも、シンメトリーで。

口が駄目なら、同じ左右対称の文字で、〈門〉というのはどうだろう？　意味としては同じだし、門がつくところならいろいろある。虎ノ門とか御成門《おなりもん》とか。

あ！

「雷門《かみなりもん》！」

わたしは原稿用紙に大きく〈雷門〉と書いた。

「円田さん、ありました、ありました。口じゃなくて門ですけど、ちゃんと左右対称になっています。雷門なら現物もシンメトリーだし、入口としてぴったりじゃないですか」

「たしかにね。でも、よく考えてみて。鏡の国の冒険なんだよ？　いくらなんでも、鏡の国の冒険が浅草の雷門から始まるっていうのは――」

「気楽な感じでいいじゃないですか。雷門みたいな庶民的で日常的な門が、非日常の入口になるんです」

「うん？　ちょっと待てよ」

突然、円田さんの顔色が大きく変わった。何か思いついたときの顔だ。

「いま、音ちゃん、なんて言った？」

「ええと――雷門みたいな庶民的で――」

「そのあと」

「――非日常の入口になる」

「それだ。そこに口がある」

「え？」

「驚くなかれ、〈非日常〉ってシンメトリーなんだよ」

「あ、本当だ——でも、口がありません」

「じゃあ、無理やり〈口〉をつけて〈非日常口〉っていうのはどうかな？　いま、僕が作った言葉だけど」

「作っちゃ駄目ですよ」

「じゃあ、よく似た言葉で、〈非常口〉っていうのはどう？　意味はほとんど同じだし、ちゃんとシンメトリーだし」

たしかに〈非常口〉ってシンメトリーだ。

「いや、音ちゃん、じつを言うと僕は、ここ何日か、ずっとこんなふうに鏡文字のことばかり考えててさ、街を歩いていても、目に入ってくる文字を片っぱしからチェックしちゃって、あ、これはシンメトリーだ、これは惜しいとかね。六本木っていうのも、たまたま六本木に用事があったんで発見したんだけど、できれば、ほんの一時間でもいいから、この世のあらゆる文字が、すべて鏡に映った状態になってくれればいいのに、なんて妙な空想をしたりして」

「そうなったら、どの文字がシンメトリーなのか、すぐ分かりますね」

「でね、そんなことを考えながら六本木からバスに乗ったんだけど、後部座席の窓に赤い文字で大きく〈非常口〉と書いてあるのを見て『あっ』って声が出た。つまりさ、それはバスの中から見ても外から見ても、ちゃんと〈非常口〉と読めるわけで、これは防災上の知恵なのか、それとも単なる偶然なんだろうか、って」

「こっちから見ても、あっちから見ても、〈非常口〉なんですね」

「この際、〈非常口〉というのを、読んで字のごとく〈常ならざる世界への入口〉と曲解しても、小説の神様は笑って許してくれるに違いない。だから、おそらく僕が書こうとしているこの小説は、日本の東京のどこかにある、ひとつの〈非常口〉のドアノブをまわすところから始まるんだよ。それで、こちらの世界と鏡の国とが透けてつながる」

「それ、いいですね。かっこいい始まり方です」

「いや、なんだか急に書けそうな気がしてきた——」

円田さんは「よし」と気合いを入れて机に向かい、わたしも、(いよいよ、出番)とばかりに清書用の鉛筆の芯をとがらせて待機したのだが、十分と経たぬうちに、くしゃくしゃっと音がして、原稿用紙が丸められた。

結局、円田さんはその日も一行として書けず、わたしの出番もなく終わってしまった。

そんなふうに円田さんが唸っているあいだに桜が咲き、わたしはわたしで、あくびがとまらなくなった。

「受験勉強」のふりをして、毎晩、深夜の三時くらいまでラジオにかじりついて音楽を聴いているせいだ。これは間違いなく父や母の影響で、父も母も若いときはそれぞれギターやピアノを弾いて曲を作り、「音楽の道に進もうと思っていた」という。カフェを開きたかったり、野球選手になりたかったり、あれこれとあった夢のうち、とりわけ「音楽の道」については、いまだに二人とも夢から覚めていないように見える。

二人の仕事場に行くと、いつでも音楽が流れていて、「この曲のここがすごい」とか「こんな歌詞、よく書けるねぇ」と学生のように語り合っている。

とりわけ、父は新しいものから古いものまで、あらゆる音楽を「たくさん聴きたい」という人なので、たいていいつも、ラジオをつけっぱなしにしている。基本的に父も母も机に向かって絵を描いたり、線を引いたり、切ったり貼ったりの仕事なので、「音楽、聴きながらできるのが、この仕事のいいところ」と、いつもそう言っている。

そんな環境に生まれ育ち、名前にも「音」とつけられたわたしは、音楽がないと寂しいと感じる。将来のことなんてまだ分からないけれど、なんとなく、わたしも音楽を聴きながらできる仕事を選んでしまいそうな気がする。

「音は、将来、どういう道に進みたいの？」

来年は受験、という話になると、もれなくその質問がおまけにつく。

ああ、とうとうわたしも大人になっちゃったなぁ、と思わずにおれない。本当は大人になるというのが、どういうことなのか、よく分からないのだけれど——。

たとえば、小学生のちびだったころ、夜おそい食卓で、父と母がおいしそうにコーヒーを飲んでいるのを見て、「わたしも」とねだっては、「大人になったら」と母に言われた。このごろは、それをすでに懐かしく思い出している。

夜おそくにコーヒーを飲んでも何も言われなくなった。夜ふかしをしてラジオを聴いても怒られることはない。そのかわり、誰かに将来について訊かれたときは、なるべくきちんと答えられるよう、未来の自分の姿を、そろそろ自分で決めていかなければならない。それは、なかなか重い課題だ。

「別に、きちんと答えられなくてもいいと思うけど」

父は呑気に言う。

「どうせ、未来のことなんて誰にも分からないんだし」

と母は現実的だ。

「分からないから、得体が知れなくて、ものすごく不安になるでしょう？　考えれば考えるほど、未来が好きになれなくなる。でも、いくら考えたって何も分からないのが未来なんだから、とりあえず、考える必要はないんじゃない？」

母らしい考え方だし、わたしもしっかりその血をひいている。

「ちょっとくらい無謀《むぼう》でもいいから、単純に夢だの希望だのを持てばいいんじゃないかしら。夢とか希望って、手垢《てあか》にまみれた言葉だけど、持って損することはないと思う。叶《かな》う、叶わないじゃなくて、持ちつづけることが重要じゃないかな？　持ちつづけると、不思議なことに、あんなに得体の知れないものだった未来が、じつは自分の中にあるもんだって気づくのよ。それは嬉《うれ》しいような辛《つら》いようなことだけど、自分の中にあるなら、じたばたしてもしょうがないでしょ。この怪物とつきあっていくしかないってことになるの」

分かるけれど、やっぱり大人の考え方だ。

ついこのあいだまで、子供あつかいだったのに、ある日、突然、「大人の考え方をしなさい」なんて言うのはずるい。

急に人生の達人になれるわけがない。

だから、思春期というものがあって、みんな苦しいんだ。

そういうことって、歳とると忘れちゃうんだろうか？　父だって、母だって。

「いや、それは忘れてしまったんじゃなくて、むしろ、音ちゃんのお父さんとお母さんは、自分たちも同じように夢や希望を持ちつづけているって言いたいんじゃない？」

円田さんにそう言われた。

そうだろうか？　わたしには、いまの父と母は自分たちが「こうしたい」と思ってきたことを、そのまま自由にやっているように見える。

「どうなんだろうねぇ」

そう言ったきり、円田さんは黙って机の上の白い原稿用紙を見ていた。

結局、そうして円田さんの小説が書き出されないまま、わたしの春休みは終わってしまった。そもそも、春休みというのは、いつでも、なんだかよく分からないうちに終わってしまう。寝つけない夜が明け、眠ったんだか、眠っていないんだか分からないまま起こされたような感じだ。


それで、しきりにあくびが出るのかもしれなかったが、新学期が始まってしばらくしたころ、目が覚めるようなことがひとつ起きた。

シンクが帰ってきたのである。

じつは、もう帰らないんじゃないか、と円田さんも思っていたようだし、わたしも内心、そう思っていた。

「やさしいお姉さんにでも拾われていたらいいんだけど」

円田さんはそう言っていたのに、シンク帰還の報告の電話は次第に涙声になり、「よかったよかった」と本当に嬉しそうだった。

わたしはその日、そそくさと夕食を済ませ、自転車を飛ばして円田さんの家へ向かった。もちろんシンクに会うためだ。なにより無事に帰ってきたことが嬉しかったけれど、やはり、〈シナモン〉のことを、いち早くこの目で確かめたかった。

しかし、それにしてもどこへ行っていたのやら――。

少し煤けてくたびれ果て、シンクは円田さんの足もとでぐっすり眠っていた。見れば、うす汚れてしまった赤い首輪に、わたしが目印にした〈シナモン〉のシールが、しっかり貼りついている。

「ご覧のとおり、〈シナモン事件〉は、やっぱりシンクの仕業だったようだね」

円田さんはいつになくやさしい手つきで黒い小さな頭を撫《な》でていた。

「でもね、音ちゃん、今度ばかりはずいぶんと長い散歩だったけど、シンクはちゃんとおみやげを忘れなかったんだよ」

え？　おみやげ！

そうだった。わが〈ミルリトン探偵局〉は、シンクが夜の散歩から持ち帰ったおみやげをもとに推理を展開するのである。すっかり忘れていた。

「で、何を持ち帰ったんです？　また、ボタンとか釘とかですか」

「いや、それが、今回は本当に怪しげなものでさ」

円田さんは、それをいくつかの小さなビニール袋に厳重に保管していた。

「あれ？　これって、この書斎に散らばっているものによく似てますね」

「うん。何かを書きかけては丸められたメモのようなものなんだけど、これをシンクは口いっぱいに頬ばってきたんだよ。これがまた、じつに興味深い内容で」

丸められたものをひろげると、あらわれたのはカタカナばかりで、なんとも読みにくい。

「ケイカク？――レポート――カクメイ――バクダン？」

たどたどしく読み上げると、

「すごいだろう？　革命に爆弾って。なんとも怪しい事件の匂いが漂ってくる」

円田さん、すっかり探偵の顔つきである。

「スパイ」についてのメモ

Think's Souvenir

「特に注目すべきは、ここのところ。ほら、コウシンリョウとあって、矢印の先がスパイになってる。これはさ、もしかすると僕らのような素人の探偵ごっこじゃなくて、本物の探偵が報告書を書くために残した捜査メモじゃないかって思う。どこかで革命が起きようとしていて、スパイがからんでいて、爆弾が取《と》り沙汰《ざた》されてる。危険な仕事なんだろうね。興信料のことで、もめているみたいだし」

たしかにメモの言葉はどれも物騒で、他にも、「イチゲキ」とか、「センソウ」などという言葉もある。「チイサナバクダンデ、カクメイヲオコス」といったようなことまで記されていた。

「モノスゴイシナモンとあるだろう？　これが鍵になっているみたいなんだよ」

円田さんが示したメモには、大きな字で、〈モノスゴイシナモン〉とある。

「どんなに〈ものすごい品物〉なのか知らないけど、たぶん、その〈ものすごい品物〉をめぐって、スパイが暗躍しているんだろうね。戦争の影も濃厚だし。シンクは一体、どこへ行ってきたんだろう？　もしかして、事件に巻き込まれて、囚《とら》われの身にでもなっていたんじゃないかな」

囚われの身って、「人質」とかそういうことだろうか？　この場合、「猫質」だけど。

「僕はこれを見ながらあれこれ考えていたら、なかなか書けなかった例の小説が急に膨《ふく》らみ始めて――」

「そうですか、それはよかったです。もう書き始めているんですか？」

「いやいや、これから書くんだけどね、スパイを主人公にしたらどうかなと思って」

「スパイ小説ですか」

「そう、それでね、偶然にもイメージがつながる小説があって――」

書斎のあちらこちらに積み上げてある本の山を崩し、

「これなんだけど」

と円田さんは一冊の文庫本を取り出した。

著者はジョン・ル・カレ。タイトルは『鏡の国の戦争』とある。

「これはスパイ小説の古典的名作で、ここのところ、鏡の国のことばかり考えていたから、本屋でタイトルに魅かれて買ったんだけどね、今回のシンクのおみやげで、思いもよらずスパイがクローズアップされて、これは面白いつながりだなと思って」

「この小説もアリスのような〈鏡の国〉が舞台なんですか」

「いや、そうじゃないんだけど、この小説の〈鏡の国〉は一種の比喩《ひゆ》なんだよ。でも、それなら、僕が書けばいいいんじゃないかって思いついた。いま、音ちゃんが言った〈アリスの鏡の国〉が舞台になったスパイ小説」

「面白そうですけど――お話の構想はあるんですか？」

「一応、なんとなくだけ」

「聞かせてくださいよ」

「ふうむ。ええとね――物語は戦争が起きている寒い小さな国が舞台で、あるスパイが革命に巻き込まれるところから始まる。〈ものすごい品物〉と呼ばれている小さな爆弾をめぐって革命軍が二分するんだよ。スパイは、この〈ものすごい品物〉の秘密を握っていて、二分した革命軍のどちらからも追われる身になってしまう。で、命からがら逃走する途中、もう絶体絶命ってところで、ある非常口を抜け出る。すると、その瞬間、彼はすべてがあべこべの〈鏡の国〉に入り込んでしまうんだ。そして、あべこべの世界を彷徨《さまよ》ううち、彼は自分が何をスパイしていたのか、だんだん分からなくなっていく」

「ややっこしいですね」

およその物語を聞いた限り、円田さんが言っていた「気楽なもの」ではないようだ。

「ややっこしい話を、ややっこしくないように書くのが腕の見せどころだからね」

円田さんが嬉しそうなので、意地悪は言わないことにした。

いずれにせよ、円田さんが満足できる小説が書ければそれでいいのだし。


それから、三、四日して、学校の帰りに円田さんのところへ寄ってみたら、またひとつシンクのおみやげが増えていた。

「小説の参考になるようなものを期待していたんだけど、どうやら、チョコレートの包み紙らしい」

円田さんが取り出したのは、マッチ箱くらいの小さな包み紙で、アラビア風のデザインに馬に乗る人物のイラストが配され、英語でCHOCOLATEと記してある。でも、肝心の中身はない。

「このあいだの探偵なのかな？　とにかく、シンクが夜の散歩に出かけた先で、誰かがチョコレートを食べたか、あるいは、シンクにチョコレートを恵んでくれたのかもしれない。いずれにしても、これではスパイ小説の参考にはならないね」

どうやら円田さんはスパイ小説のことしか考えられない様子。

「スパイがチョコレート好きっていうのはどうですか？　あるいは――」

わたしはそう言いかけて、面白いことに気づいた。このチョコレートには名前がないのだろうか、とよくよく見たら、馬と人物のイラストの下に、金色で「1001」という数字が並んでいる。

「このチョコレート、1001という名前なんですかね？」

「そうか――これって数字だったのか」

「1001って何の番号でしょう？」

「そうだなぁ――このアラビア風のイラストから考えると、1001と言えば、『アラビアン・ナイト』、つまり『千夜一夜物語』のことじゃないかな――いや、待てよ」

円田さんの目が輝いた。

「これは発見かもしれないよ」

チョコレートの包み紙

Think's Souvenir

「何ですか？」

「いままで気づかなかったけど、『アラビアン・ナイト』って鏡の国の物語だったんだ」

円田さんは引き出しから小さな手鏡を取り出すと、チョコレートの包み紙を鏡に映してみせた。当り前のように、CHOCOLATE も馬も人物もさかさまに映っているが、金色の数字——1001というその数字だけが鏡の中でも1001のままである。

「シンメトリーですね」

鏡の中に、1001が金色に輝き、それを覗き込むわたしと円田さんの顔が映っていた。

世界でいちばん幸せな屋上

Bolero 1983

1

くしゃみ──。

あたかも彼の予言に従うかのように、私はすでに数えきれぬほどのくしゃみを繰り返している。職業柄、くしゃみを抑え込む術《すべ》は心得ているつもりだが、不思議なことに、ロンドンに着いてから、まるで通用しない。

それればかりか、私が乗車した北行き列車の待合室は不自然なほど屋根が高く、驚くばかりの大音響でくしゃみがこだましてしまうのだ。

手のひらを口にあてると無精髭《ぶしょうひげ》がざらりと触れ、無防備な耳に残響がこだました。

この小さな旅の目的地はイングランドの北部、スコットランドとの国境に近い小さな海べりの町である。観光地ではない。おそらく、日本で手に入るガイドブックには、この町に関する情報は一行も記されていない。

(寒く小さな町です)

彼からの手紙にはそうあった。

二週間前、私は東京のアパートでストーブに火を入れながらそのエアメールを読んだ。花冷えの妙な寒さの夜だった。


——返信が遅れたこと、お許しください。

あなたの手紙をたいへん興味深く読みました。読み終えて、しばらくは複雑な気持ちに整理がつかなかったのです。

私はとうの昔に、あの時代の産物はすべて納戸《なんど》にしまいこみ、二度と取り出すことはないと考えていました。私はもう、あなたの懐かしんでいる青年ではありません。納戸の奥の私のギターは錆《さび》ついたままです。

ただ、あなたの手紙を繰り返し読んでいる自分に気づき、正直、戸惑いました。おそらく私はいま、ふたつの大きな時間の狭間《はざま》に立たされているのでしょう。その証拠に、私はあなたという人物に興味を持ち、あなたに会ってみたいとすら思うようになりました。

ここは寒く小さな町です。あなたの住む街からとても遠く離れています。あなたは空を飛び、列車をいくつも乗り継ぎ、何度もくしゃみをしながらここまで来ることになるでしょう。それはとても心苦しいことです。

しかし、もし、あなたがそれでも構わないと言うなら、私はいつでもあなたを歓迎します。アドレスはご存じのとおりですが、私の家は白い灯台が目印になることと思います。あるいは、駅に着いて電話を下されば、私のボロ車で迎えに出ます。

では、なるべく近いうちに、お会いできることを願って――。

手紙は昔ながらのタイプライターで打たれていた。

便箋《びんせん》の余白には、〈NORTH DOOR CHRONICLE〉と刷り込まれ、末尾には美しい筆跡で、PHIL BROWN とある。

彼——PHIL BROWN——フィル・ブラウンは、いまから十七年前、スコットランドの自主制作レーベルに、たった一枚のレコードを残してシーンから消えた知る人ぞ知るシンガー・ソングライターである。

『ボレロ』というタイトルのそのアルバムは、わずか三百枚のみプレスされたきりで廃盤となり、以来、一度として復刻の機会に恵まれなかった。CD化もなく、まず、彼の名を知る人は少ないだろう。間違いなく、「幻の」と冠するのにふさわしいミュージシャンの一人である。

音楽好きの友人と「無人島に持って行きたい最愛のレコードは？」という話になると、私はかならずこのレコードを挙げてきた。

「フィル・ブラウン？」

たいていはクエスチョン・マークがつく。少し詳しい人であれば、「ああ、名前は聞いたことあるけど」と言って、「たしか、有名なミュージシャンが偽名で作ったレコードじゃなかったっけ」と首をかしげる。

たしかにそんな噂があった。その手の噂の常で、特別な根拠などないのだが、誰かが言い出したひと言がレコード・マニアの間に伝染し、ほんの一時期、この知られざるレコードに法外なプレミアがついたことがあった。しかし、当の「有名なミュージシャン」があっさり噂を否定すると、不幸にもこのレコードは、いよいよ本当に誰からも忘れられてしまった。噂とはいえ、ひとたび「偽名」と囁《ささや》かれたフィル・ブラウンは、その存在すら疑われたのか、まるで架空の人物であるかのように扱われてしまったのである。

くしゃみ——。

午前十時。予定どおり北行きの特急が入線する。

春だというのに、皆、白い息を吐いている。北へ行くのか、北へ帰るのか、いずれにしても車内は空いており、定められた席に身を沈めながら、四時間後に到着する海にほど近い小さな駅のことを考えた。

彼は「ボロ車」で迎えに来てくれるという。どう考えても、その小さな駅に佇《たたず》む日本人は私ひとりだ。いくら初対面とはいえ、すれ違うはずはない。

それでも、念のため、私は彼の写真を持ってきた。写真と言っても、雑誌の切り抜きなのだが、これは彼のレコードが出た当時、ある音楽雑誌の片隅に掲載された、おそらく日本では唯一の彼を紹介したコラムである。

スコットランドのインディーズ・レーベル〈グルーヴィー・キャット〉から届いた『ボレロ』というアルバムは、全編ギター一本の弾き語りによる九曲。イングランドの北の海を眺めながら味わう一杯の紅茶のような音楽です。私は喧騒《けんそう》に疲れると、このレコードに針を落とし、何度も繰り返し聴いています。そうするうち、この安らぎの向こうに、歌い手の小さな怒りのようなものが明滅しているのに気がつきます。まだ無名ですが、こんなにもやさしく、なおかつ、こんなにも奥深い怒りを秘めたレコードを作ったフィル・ブラウンという青年の名は、ぜひ、記憶にとどめておきたいものです。

コラムの隅に小指の先ほどの小さな顔写真があった。

何度も複写を重ねたひどい写真だが、私の知る彼の肖像はこれきりである。眉間《みけん》にしわを寄せた眼鏡の青年。まだ無名の、世界に記憶されていないピンボケの青年である。私は車窓に映る、もう若くはない自分のピンボケ顔を眺めた。

もちろん、彼も歳をとっているだろう。その事実――この青年が歳をとって、この世に存在しているという不可思議な事実。彼に手紙を書き、返信を受け、彼に会うためにここまで来たのに、いまだ架空の人物に会いにいくような気分を拭えない。

はたして、ハックルベリィ・フィンが歳をとったりするだろうか――。

とにかく、ひたすら音楽を聴いてきた。

どんな国のどんなジャンルのものでもひととおり聴いてきたが、本当にしがみつくようにして聴いたのは、やはり、イギリスやアメリカのロック・ミュージックだった。

このコラムを読んだ一九八三年は、ロックの世界で言うと、ちょうどインディーズ・レーベルを中心とした「ニュー・ウェイヴ」が成熟期を迎え、私は大学の三年生だった。本当に暇さえあれば――ほとんど暇だった――レコード屋に通い、得体の知れない自主

BOLERO
PHIL BROWN
33
Side One
GROOVY CAT

制作レコードを次から次へと買い込んでいた。

まだCDが普及する一歩手前であったから、あの黒いヴィニールの円盤が現役だった。テレビや映画や本よりもレコードが好きだった。レコード・マニアを称して、「ヴィニール・ジャンキー」と言うが、まさにそれである。もし、大きな地震がきたら、そのときは黒いヴィニールに埋もれて死ぬ、そう思っていた。

それほど夢中だったのだが、このコラムを読むまで、『ボレロ』というレコードのことはまったく知らなかった。もちろん、フィル・ブラウンという名前にも覚えがない。

ただ、このコラムを書いた女性のことは知っていた。

というより、私がこのコラムに目をとめたのは、無名の青年の音楽が気になったからではなく、岩崎茜《あかね》という筆者名のあとに、（ルーフトップ・レコード店主）と記されていたからだ。

〈ルーフトップ・レコード〉は横浜の関内《かんない》にあった小さな輸入専門のレコード屋で、その名のとおりビルの屋上にあった。

港に近い四階建ての小さなビルで、周囲には背の高い古びた「ビルヂング」が立ち並んでいた。そんなビルの屋上であるから、潮風は吹きつのるが海そのものは見えず、太陽すら限られた時間にしかまともに見られなかった。

　おまけに、居並んだビルヂングの背中には年代ものの黒ずんだ換気扇がいくつもしがみついていて、吐き出された淀んだ空気が、絶えずその小さな屋上にたちこめていた。屋上というより、中空にある袋小路といった趣《おもむき》である。

　店は、そこへついでのようにつけ足された建物であったから、ひときわ安普請《やすぶしん》で、雨が降ると、店に流れているレコードが聴こえなくなるほど盛大に屋根が鳴ったりした。

　私がはじめて店に行ったのも、ちょうどそんな雨の日で、とある情報誌に載《の》っていた住所がいい加減だったせいで、散々、関内の路地裏を探しまわってしまった。

　ようやく、該当《がいとう》すると思われるビルに辿《たど》り着いたものの、どこにも看板が見当たらず、そっけないビルの一階はシャッターで鎖《とざ》されて、

「しばらく休業します」

　と貼り紙がしてあった。最初は、店が屋上にあることを知らなかったので、てっきり、

その一階の「休業」がそれだと思い込み、ビルの軒下に寄りかかって缶コーヒーを飲んだ。

日曜だというのに、街は異様なほど静かで、ただ雨の音だけが私を取り囲んでいた。が、缶コーヒーを飲み終わったとき、雨音にまじって聴き覚えのある曲がかすかに聴こえてきた。

ニール・ヤングの「オンリー・ラヴ・キャン・ブレイク・ユア・ハート」。きまぐれな春先の雨が小止みになり、やがてそれが頭の上の方で鳴っているらしいことに気がついた。

そうか——。

そこで初めて店名の意味するところを理解した。

エレベーターがなかったので、半信半疑のまま薄暗い階段をのぼっていくと、少しずつニール・ヤングの歌声が濃くなってくる。次第に足早になって四階建ての四階までのぼったものの、依然として音は頭上から聴こえてくる。となれば、あとは屋上しかない。

もう一階ぶん階段をのぼりきると、そこに鉄の扉があって、

WELCOME TO ROOFTOP RECORDS

と貼り紙があった。音楽はその扉の向こうから聴こえてくる。

扉を押すと、当然ながらいきなり雨で、雨に隠されるようにして、小さな山小屋のような店が見えた。窓から暖かそうな灯がもれ、開け放たれたドアから音があふれている。

客は誰もいなかった。ただひとり、眼鏡をかけた小柄な女性がカウンターで書きものをしていて、私に気づくと、(いらっしゃいませ)というふうに会釈をした。あとで分かったのだが、この女性がこの店の店主だった。

見渡した店内は狭く雑然としていながら、きちんとレコードが整理され、その居心地のよさに、すぐに体が馴染《なじ》んだ。壁には、「当店のお薦《すす》め」が並び――それは、どこの店でも同じだったが――新入荷に限らず、それこそニール・ヤングのような古典的名盤が何の違和感もなく並んでいるのが愉《たの》しかった。

また、そのディスプレイされたレコードに小さなカードがついていて、そこに書かれている言葉のひとつひとつに魅かれるものがあった。おそらく店主の直筆と思われたが、レコードの解説でありながら、どこか掌篇《しょうへん》小説のような味わいがある。

私は一枚一枚、隅から隅までその細かい文字を読んだ。困ったことに、ひとつ読むたび、そのレコードが欲しくなる。なにしろ、学生の収入源はアルバイトでしかなく、当時、私は伊勢佐木町のレストランで皿洗いをしていたのだが、それで得られるお金などたかが知れていた。

一時間ほどかかったと思うが、私はとうとう店中のカードを読みきってしまった。読みながら、いま財布の中にあるお金で何枚買えるだろうと、しきりに計算していた。雨は降りやまず、客は私ひとりのままで、店内に流れるレコードはニール・ヤングからニック・ドレイクの『ピンク・ムーン』に変わり、そのあとポール・マッカートニーの『マッカートニー』に変わったところで雨が激しくなった。

店主は屋上に降る雨を窓ごしに眺め、「うるさくてごめんなさい」とハスキーな低い声で言った。たぶん、そう言ったのだと思うが、本当はよく聞きとれなかった。それほど屋根を叩く雨の音が激しかったからで、私は、「ああ」とも「ええ」ともつかない曖《あい》昧《まい》な返事をして、雨を眺めている彼女の横顔を見ていた。

迷ったあげく、LPを二枚だけ買って帰った。

忘れもしないその二枚——。

XTCの『イングリッシュ・セツルメント』と、ジェシカ・プルーデンスの『ウインター・ブックス』。XTCはいまでも愛聴しているが、ジェシカ・プルーデンスは大学の友人に貸したきり、もうずいぶん長いこと聴いていない。だから、音の記憶はとうにないのだが、カードに書かれてあった文章は、いまでもよく覚えている。


長い冬のあいだ、彼女は何冊もの本を読む。他には何もせず、冬眠をするようにただ本を読みつづける。たとえ、どこか遠くで戦争が起きても、彼女は本を読みつづける。食事をし、本を読む。仮眠をとり、本を読む。そして、いよいよ本を読むことに疲れたら、静かな音楽を少しだけ聴く。これは、そんなときのためのレコード。束《つか》の間《ま》の三十二分。A面を聴いてB面を聴き終えたら、さぁ、また本を読みましょう。どうせ外は雪ですから。

私はこの二百文字を役者がせりふを覚えるときのように何度も復唱し、この一文から浮かび上がる映像を頭に焼きつけた。それは短い映画のようなものだったが、実際、レコードに針を落としてみると、流れ出る一音一音が頭の中の映画にぴたりと寄り添うようだった。そんな経験はそれが初めてで、私はもちろんその音楽を気に入ったわけなのだが、それ以上に、店主の文章に魅了されていた。そしておそらく、私と同じように感じた人がいたのだろう。ほどなくして、彼女の文章が雑誌の片隅にあらわれた。

「あの――このコラムで紹介されていたフィル・ブラウンという人のレコードは、まだ在庫がありますか?」

私はコラムの切り抜きをカウンターの上にひろげて見せた。

〈ルーフトップ・レコード〉に通い始め、半年が経っていた。半年で私は常連客となり、いつのまにか店主とも言葉を交わすようになっていた。

店主の彼女は一見もの静かな印象だったが、レコードについて話し始めると、とても饒舌で、その知識は驚くほど奥が深かった。

「これね、雑誌に載ってから、問い合わせ殺到で、もうあと二、三枚で売り切れかな。もともと入荷枚数が少なかったから」

そう言って彼女はカウンターの奥の小部屋に消え、すぐに一枚のレコードを小脇に抱えて戻ってきた。

「これは本当にいいレコード。わたし、三十七年生きてきて――あっ、しまった、歳がばれちゃったか――いまのは忘れてください。というか、生涯でいちばんと言っていいくらい」

私はそのとき彼女の年齢を知ってとても驚いた。店主であることや、知識の豊富さを考え合わせたら当然なのだが、見た目はそんなふうに見えなかったし、私はそのとき二十一だったことになるが、年齢の差はまったく感じなかった。

「あのね、レーベルのデザインが可愛いの」

そう言って、彼女はジャケットの中から盤を取り出し、「ほらね」とセンター・レーベルを見せてくれた。〈GROOVY CAT〉というレーベル・ロゴの上に小さな黒猫のシルエットが描かれている。

「黒猫印。いいでしょう?」

よほど、このレコードが気に入ったのだろう、彼女は子供のように嬉しそうだった。

私はあえて試聴もせず、迷うことなく買いもとめた。他にも何枚か「お薦め」を一緒に買ったと思うが、カウンターで代金を払おうとすると、

「あなた、学生さんよね?」

レジを打ちながら、急に彼女が不安げな顔で訊いてきた。

「ええ」

「いつもたくさんレコードを買ってくれるのはありがたいんだけど——お金は大丈夫なの? 余計なことを言ってあれだけど、アルバイトか何かしてるの?」

「ええ、いちおうバイトはしてますけど」

「そう——」

「皿洗いなんですけど」

「え?」

「ピザの皿を洗うんですが、結構、人気の店なんで、ひっきりなしにお客さんが来ちゃ

って、ひっきりなしに洗わなければならないんです」

「ピザって、どこのお店？　横浜？」

「伊勢佐木町の〈アンジェリーナ〉という店です。昔からある店で――」

「〈アンジェリーナ〉！　本当に？」

急に彼女はまた子供の顔に戻った。

「信じられない。わたしもそこで皿洗いをやっていたのよ」

考えてみれば、不思議なことではなかった。三十年以上つづいてきた店であるし、その仕事は本当に過酷で、次から次へとバイトのメンバーが入れ替わることで有名だった。三十年のあいだに、いったい何人の若者がそこで皿を洗ったのだろう？

「いつごろのことですか」と訊いたら、

「あれは忘れもしない、ビートルズが解散した年だから、一九七〇年かな」

彼女は目を細めた。

「十三年前ですね」

「もっと昔のような気がするけれど――いまは何人でやってるの？　五人？」

「ええ、五人です」

「変わらないのね」

ひとしきり皿洗い談義になった。洗剤のこと、長靴のこと、裏庭のこと、出勤表のこと――何もかも、彼女の時代と変わっていないようだった。

「すぐにあだ名をつける皿洗い長は？　まだ生きてる？」

私は思わず笑ってしまった。

その店には〈皿洗い長〉なるおかしな役職があり、「この道三十年」と豪語する年配の男性が専属になっていた。要は洗い場の監督なのだが、本人は洗い場に立たず、次々とやってくる汚れた皿を、五人いるアルバイトの誰が洗うべきか仕切っていた。

「はい、次はモグラ君。その次、爆発頭。で、そのあとが夕焼け大将ね」

こんな調子で誰もがあだ名で呼ばれるのだが、命名は初対面でいきなり決まり、それがまた天才的な的確さだった。

皿洗い長は彫りの深いどこか外国人めいた顔つきで、薄汚れたハンチング帽をかぶり、なぜか、車の修理工が着ているような白いつなぎを着ていた。体全体が小ぢんまりとしているせいか、濃く長い眉がやたらと目立っている。

「で、あなたのあだ名は何なの？」

「つぶらめ、です」

「ツブラメ？」

「面接でいきなり、じっと目を見られて、『なんか、つぶらな目をしとるなぁ。よし、君は今日からつぶらめ。つぶらめ君だ』。それで決まりでした」

「いいあだ名じゃない。わたしなんか、ララよ」

「ララ？」

「面接の待ち時間に鼻うたを歌ってたの。ラララララって。それを聞かれちゃって、あっけなくララで決まり。急にララとか呼ばれたってねぇ、猫じゃないんだから」

話は尽きなかった。

そのとき私は、もう皿洗いは卒業して、何かもっと楽なアルバイトを探そうと考えていたのだが、彼女が遠い先輩であると知ったら嬉しくなり、それで結局、大学を卒業するまで、私は「つぶらめ」を辞めずにいたのである。

その夜、私はアパートの部屋でフィル・ブラウンを聴いた。華々しい音楽ではない。ひたすら孤独な音楽で、A面が終わるとすぐにB面を聴きたくなり、最後の曲が終わってしまうと、言いようのない寂しさに襲われて、また最初から聴いてしまう。

その声は静かな鳥のつぶやきのようで、歌われる歌詞は、どの曲も、「一羽の名もなき鳥が眺めた世界」に終始していた。鳥は北の海沿いの町にねぐらがあり、「家族もなく孤独に耐えて生きている」と歌われていた。たった一枚のレコードの中に、私の知らないその町と、その鳥の孤独がそのまま封じ込まれていた。

このレコードを世界で最も繰り返し聴いたのは間違いなく自分だ。レコード盤が擦《す》りきれてしまうのを恐れ、カセット・テープに録音し、テープがおかしくなってしまうまで繰り返し聴いた。

それからほどなくして、私は大学の四年生になった。〈ルーフトップ・レコード〉へ行くたび、店主に「就職はどう?」と訊かれ、「ええ」

と力なく答えていた。まったく展望がなかった。ただ漠然と、(音楽に関わる仕事に就けないものか)と甘い夢想を抱いていた。

「あなたはとてもいい声をしているから、その声を活かす仕事ができたらいいのに」

ある日、店主にそう言われた。

「ラジオのDJなんてやったら、ぴったりだと思うけど」

思ってもみないことで、声がいいと言われたのも初めてだった。

「自分のお気に入りのレコードをかけて、おしゃべりするような番組、最高に楽しいでしょうね。わたしも一度でいいからやってみたい」

それは間違いなく素晴らしい番組だろう。少しハスキーだったが、彼女の声こそラジオ向きで、私は自分のことはさておき、もし、彼女がDJをするなら——と架空のラジオ番組を空想していた。

深夜の十二時に始まり、テーマソングはニール・ヤング。

番組名は——ルーフトップなんとか——。

その空想に私は夢中になった。それまであまり聴くことがなかったFM放送を聴くようになり、番組がどのように構成されているか研究した。その結果、自分が面白いと思う番組は、いずれもDJのパーソナリティーにかかっているという、きわめて真っ当な結論に至った。

DJという存在が自分の中で急速に大きなものになり、わけもなく気持ちが高揚したり、胸が苦しくなったりした。

いま思うと、あのとき私は未来の自分にそそのかされていたのだろう。

「皿洗いを終えたら、皿回しになろう」

夜ごと皿を洗いながら、冗談のようにそう口走った。

「立《た》ち退《の》き？」

「このビル自体の立ち退きなの。だから、もう仕方ないんです」

大学卒業間近の、まだ春とは言えない季節だった。いつものように〈ルーフトップ・レコード〉へ行くと、店主がいつになく神妙な顔をして、

「じつは、今月いっぱいで店を閉めます」

と突然そう言い出した。

「閉めるって――閉店ってことですか？」

「わたしの実家は神戸でチョコレート工場をやっていて、小さな工場だけど、けっこう評判がいいの。でも、父も年老いちゃって、そろそろ引退の潮時なのね。母は去年の夏に亡くなってしまったし、子供はわたしひとりだから、ほっとくわけにいかなくなって。そこへちょうど立ち退きの話が来たわけ。ね？　これはもう運命でしょう？」

私はなんと応えていいか分からなかった。

「ここを借りるとき、いずれこういうときがくるって宣告されてたの。だから、遅かれ早かれ、この屋上を出ていくことになるのは分かってたんだけど」

「じゃあ、他の場所で――」

「もちろん、それも考えたけど、これ以上は本当の道楽になってしまうし――それに、チョコレート工場っていうのも悪くないと思っていて。これは本当に」

「そうですか」

「なかなかいけるのよ、うちのチョコ。そう――ちょっと待って」

彼女は奥へ消え、「もともと輸出専門だったんだけど」と言いながら、黒い小さな箱を手にしてきた。

「父がしょっちゅう送ってくるの。味が落ちていないか、食べて教えてくれって」

箱の中から包装紙にくるまれたチョコレートを一枚取り出し、

「どうぞ」

と私に手渡してくれた。奇妙なアラビア風のデザインが施されている。

「たぶん、父はわたしに帰ってきてほしいんでしょうね。だけど、はっきりそうは言わなくて。それで、しきりにこうしてチョコだけ送ってきて——」

私はその日、レコードを買わず、チョコレート一枚をジャンパーのポケットに入れて、うつむいたまま階段をおりた。

ため息しか出なかった。

うつむいたままバイトに直行し、うつむいたまま皿を洗った。

皿洗いという仕事は、うつ向いたままできるのが利点だと、そのときはじめて知った。

私はそのチョコレートを口にしなかった。

皿洗いの帰りに深夜の路地裏ですれ違った猫にあげてしまったのだ。

いまでもときおり、その包み紙を思い出す。ただし、チョコレートの銘柄が何であったか、彼女のチョコレート工場の名前は何といったか、そういった細かなことは何ひとつ思い出せない。

思い出せるのは、路地裏で出会った猫が小さな黒猫であったということだけ。

私はその黒猫に「ララ」と呼びかけてみた。もちろん返事はなかった。

ときどき思う。

はたして、あのチョコレートは甘かったのだろうか。

それとも、苦かったのだろうか、と。

2

くしゃみ——はまだとまらない。

ロンドンを離れてすでに二時間が経過し、窓外はすっかり田園地帯に変わっていた。絵のような風景に記憶の中のいくつかの音楽が重なり、東京に残してきた仕事が思い起こされる。

そもそも、私がこうしてフィル・ブラウン氏を訪れることになったのは、あるリスナーから届いた一枚の葉書がきっかけだった。

——前略。はじめてお便りいたします。

わたしは夜ふかしで音楽好きの家系に生まれ育ったせいで、このごろすっかり深夜ラジオに夢中になっています。

〈ルーフトップ・パラダイス〉は毎週、欠かさず聴いています。番組でよくかかる、わたしが生まれるずっと前の音楽（一九六〇年代や七〇年代のロック）にとても魅かれます。このあいだも、年末の放送の最後にかかったフィル・ブラウンという人の曲（なんというタイトルだったか覚えていませんが）に感激しました。たしか、一九八三年に発表された「思い出深いレコード」とおっしゃっていましたが、この曲が収録されているアルバムはCD化されているのでしょうか？ ぜひ、他の曲も聴いてみたいのです。可能なら、もう一度かけてください。よろしくお願いいたします。

葉書の隅に、彼なのか彼女なのか、「ON」と署名があった。

毎週、番組に届くリクエスト・カードはさほど多くない。たいてい、私と同年代のリスナーからで、内容も「懐かしい」という感想がほとんどである。

しかし、この葉書をくれた「ON」さんは、まだ十代と思われ、それだけでも私には新鮮な驚きだった。

もちろん、公の電波に乗せて放送しているのだから、どんな人が聴いていてもおかしくはない。ただ、地域が限定されたローカルFM局であるし、深夜十二時からの一時間番組で、若者好みの派手なつくりのものではなかった。いわば、リスナーが限られてしまうことをあらかじめ予測して作られた番組で、普通なら企画の段階でボツになるところだが、「その条件でOK」と手を挙げてくれた奇特なスポンサーのおかげで、奇跡のように成立しているに過ぎなかった。

当然、少人数のスタッフで、なるべく低予算で制作する必要があり、私は番組の構成から選曲に至るまで、ほとんどすべてを一人で請け負っていた。

それでも私は、長らく空想していた番組をようやく成し得たという思いがあり、番組名に〈ルーフトップ〉と入れることを忘れなかった。

唯一、空想と違っていたのは、DJがララさんではなく自分であったことだが、娘や息子の世代のリスナーが敏感にフィル・ブラウンに反応してくれたことが嬉しかった。

それだけに、「CD化されているのでしょうか」という質問に、「残念ながらCD化はされていません」と答えるより他なかったことが残念だった。

私が番組でかけるレコードはCD化されていないものが多く、こうした質問を受けたときは、「中古レコード屋でアナログ盤を探してください」と答えることにしていた。

しかし、フィル・ブラウンについては、十七年前に〈ルーフトップ・レコード〉で手に入れたきり、一度も目にしたことがない。

容易に手に入らないものを探すことはそれなりに楽しいし、ついに見つけたときの喜びは何ものにも代え難い。だが、それ以上に私は、自分が好んで聴いてきた音楽を、より多くの人――それもなるべく若い人たち――に、なるべくシンプルな方法で手渡すことは出来ないものかと思っていた。たぶん、歳をとったせいだろう。

人は歳をとると、つい、余計なお世話を思いついてしまうものだ。

私は自らの手でフィル・ブラウンをCD化する方法を模索してみた。

可能性はあった。

歳をとるといいこともある。さまざまな人たちと出会うことで、自分ひとりでは不可能だったことも、予想外に展《ひら》けてくる。

「もし、ミュージシャン本人の承諾さえ取れたら、半ば自主制作に近いけれど可能です」

ある大手のレコード会社に勤める知り合いに励まされた。

「うちからストレートに出すことは難しいですが、バックアップは出来ると思います」

私はまず、『ボレロ』をリリースした〈GROOVY CAT〉なるレーベルにコンタクトを取ろうと試みた。ジャケットに記載されていた情報を頼りにインターネットで関連がありそうなホームページを渡り歩いてみると、予測はしていたものの、すでにこの〈GROOVY CAT〉というレーベルそのものが存在せず、別の大きなメジャー・レーベルに吸収されていることが判明した。

そこで、その某メジャー・レーベルの担当者を探り出し、直接、メールで問い合わせてみると、

「たしかに〈GROOVY CAT〉のカタログはうちが権利を持っていますが、あなたが交渉したい、フィル・ブラウンというアーティストとの契約はとうに切れています」

という返信がきた。

「これはアーティストの側の要望でそうなっているので、もし、交渉したいのであれば、本人に直接コンタクトを取ってみたらどうでしょう」

とある。

「それには、どうすればよいのか」

と、さらに問い合わせると、最初は適当にあしらおうという印象であったのに、こちらの熱意が通じたのか、あるいは、あまりの執念深さに気味が悪くなったのか、聞いたこともないような土地の名が含まれた住所が送られてきて、「グッド・ラック」と付け加えられていた。

あるいは、でたらめな住所をつかまされたのかも、という疑いもあったが、とりあえずその住所へ手紙を書き送ってみるしかなく、三日三晩、英語の辞書と格闘しながら、

「拝啓、フィル・ブラウン様」としたためた。

――あなたの『ボレロ』というレコードにどれほど感銘を受け、どれほど繰り返し聴いたことか。そして、いまもあなたの音楽は色褪《いろあ》せていないし、多くの若い世代があなたの音楽を切望している、と。

本当を言えば、はっきり切望しているのは、「ON」さん一人だったのだが、私はもっとたくさんの切望が潜在しているに違いないと信じていた。

そして何より私自身が、彼の音楽を、いま一度、強く望んでいることに違いはなかった。

辿り着いたのは、およそ想像していたとおりの小さな駅だったが、そこから海は望めず、意外にも、駅周辺には商店も並んでいて、賑《にぎ》わっているようだった。

ロンドンを発つ前に、私は彼からの返信に記されていた番号に電話をいれておいた。

コールがつづくうち、あるいは本人が受話器を取るかもしれないと胸がざわついたが、電話に出たのは夫人で、

「東京からのお客さまですね、あなたのことはフィルから聞いています」

と快く応じてくれた。

「このあと十時発の特急に乗る予定です」と告げると、

「彼が駅まで迎えに参ります」と言うので、「それには及びません」と遠慮したのだが、

にわか仕込みの発音が通じなかったのか、

「心配いりません。駅でお待ちください」

と押しきられてしまった。

はたして、駅前のロータリーに一台の白い小型車が待ち構えていて、しばらく、それを横目にどうしたものかと立ち尽くしていたら、小型車のドアが開き、中から眼鏡に髭の男性があらわれて、私を見ながら大きくうなずいた。

眉間に皺こそなかったが、間違いない。あのコラムの写真の彼が、そのまま歳をとってそこにいた。

彼はハックルベリィ・フィンではなかったのである。

「ええ、私はもちろんハックルベリィ・フィンではありません。しかし、あなたが知っているフィル・ブラウンでもないのです」

レコードの中の歌声そのままの声だった。

手紙にもあったとおり、彼の家は岬に立つ灯台を目指して、車で十五分ほど行ったところにあった。海からの風がまともに当たる小さな家だが、「祖父の代から、ずっとここに住んでいる」という彼の言葉が示すとおり、家そのものが彼の家族の歴史で、窓の向こうの海を眺めながら話を聞いていると、遠く離れた私のアパートの部屋など、本当にこの世に存在しているのか知れたものではないと思えた。

「あのレコードに収められた歌は、私の個人的な夢でした。あのころ、誰よりも私自身がそれを必要としていたのです。私はとにかく若かった。一羽の鳥に自分を託すことで、何かが解決できるのではないかと信じていたのです。しかし、いまはそう思いません。孤独がもたらす苦悩を安易に解決するのはやめようと思い至ったのです」

彼は四十歳になっていた。かつて秘めていた怒りのようなものは、いまはどこかにきちんと折り畳んでしまい込まれているのだろう。目尻の皺が、この十数年の温厚な人柄を物語っていた。

「歳をとっていくことと、成長していくことは別のことのような気がします。私は成長したいのです。人はどこまでも成長できる生きものです。なぜなら、人は考えるからです。考えることで人は成長し、前へ進めます。そして、孤独や苦悩は、ただネガティブな存在としてそこにあるのではなく、むしろ人に、考えるエネルギーを供給する役割を担っている。そう思えるようになって、私はようやく、現実を見つめる愉しさと、その深さとを発見できるようになりました」

言葉をひとつひとつ丁寧《ていねい》に選び、ゆっくりと咀嚼《そしゃく》するように彼は話してくれた。ときおり、両手をひろげ、ときおり、両手を膝《ひざ》の上に組んで、賢い鳥のようにふるまった。

「私は、もう二度とあのような歌は歌わないと思います。自分のレコードを聴きなおすこともありません。でも、あなたの手紙を読み、そこでまた考えなおすことにしたのです。私が聴かないとしても、ひとたびレコードに記録されたものは、簡単にこの世から消えてなくなるものではありません。このたったいまも、私の知らない遠い街のラジオから、私がかつて作り上げたファンタジーが流れ出し、偶然のように誰かの心に入り込むこともあるでしょう。あなたが言っているのはそういうことですよね？」

「そのとおり」と私は答えた。「現に私の番組で、あなたの歌を聴いた若いリスナーから、もっとあなたの歌を聴きたいという声が届いています」

「不思議です」と彼は窓の向こうの海を見た。「私のあの古びた夢が、あなたをこんな北の岬まで連れ出すことになるとは」

私も海の方を見た。

しばらく見ていた。


「いま、妻がディナーをこしらえています――いいえ、大したものではありません。出来上がるまで少し間がありますので、私の仕事場にいらっしゃいませんか？　ひとつふたつ片づけておきたいこともあるので」

言われるまま、車で駅の方へ戻った。そこに彼のオフィスがあるらしい。

「どんなお仕事を？」と訊いてみると、

「新聞を作っているのです」と彼はまっすぐ前を見ながら答えた。

フロントガラスの向こうに町があり、町はすべて夕陽の中にある。車から吐き出される排気ガスすら黄金《こがね》色に輝いていた。

「ちょうど、今日のような美しい夕方を歌った曲が『ボレロ』の中にありましたね、あれはどこか哀しいメロディーでした」

私がそう言うと、

「あれらの曲は、すべてこの町の日常から生まれたものです。ファンタジーというのは、じつは日常を知らないと生まれないものだと後になって気づきました」

彼は微笑するばかりで、ついに「哀しさ」の由来について語ることはなかった。

私もそれ以上、訊こうとはしなかった。


ところどころ、煉瓦《れんが》が組み込まれた古い石造りのビルが目の前にあり、

「さぁ、こちらです」

と彼は車を降りた。

ビルは三階建てだったが、エレベーターなどあろうはずもなく、私たちは息を切らして階段をのぼり、最上階からさらにもう一階のぼって屋上へ出た。

「一階は印刷屋のオフィスで、二階はヴァイオリンの製作工房。三階は貸ギャラリーになっていて、ここ、つまり屋上にあるのが私のオフィスです。驚いたでしょう？」

そう言う彼に、

「いや、むしろ懐かしいくらいです」

と私は答えた。

そのビルが持つ独特の匂いも、そして屋上の片隅に付け足された小さな建物のたたずまいも、まったく、あの屋上のレコード屋そのものだった。

「どうぞ、中へ。狭いところですが」

夕陽をさえぎるために彼はゆっくりブラインドを下げた。不思議な符合だが、部屋の広さもちょうど〈ルーフトップ・レコード〉と同じくらいで、レコードの代わりに大量の本や資料が書棚に並び、それらが適当に雑然としている印象もよく似ていた。

「これが私の編集している新聞です」

彼がひろげて見せてくれたのはタブロイド判の古風な新聞で、彼の返信に刷られていた〈NORTH DOOR CHRONICLE〉の正体は、わずか十頁に充《み》たないこのささやかな新聞の名前だった。

「新聞と言っても、じつに気ままなものです。毎日、発行しているわけではありません。極端な話、出さなくてもいっこうに構わないのです。私としては、ニュースペーパーというより、日記を書きつづけているつもりです。この小さな町で起きた大きな出来事、小さな出来事、それらを取材して記録する——ただそれだけです。町のための新聞、町の記録です。これが私の仕事。さっきもお話ししたとおり、私はファンタジーを歌うのをやめ、身のまわりの現実を記録する係に転身したわけです」

「あなた一人で編集しているのですか？」

「ええ。なにぶん予算がないのでね。でも、じつに楽しい作業です。自分で記事を書き、ときには写真も撮って、イラストだって描きます。地図なんてうまいものですよ」

彼は楽しそうだった。

本当を言えば、彼に訊いてみたいことをいくつか用意していた。

『ボレロ』というあのレコードをどのような思いで作ったのか？　当時、どんな反響があったのか？　あのアルバム以外にも曲は作ったのか？　あれらの楽曲の奥に垣間見える怒りのようなものは、一体、どこから来ていたのか？　そして現在、あらためて音楽活動をする気はないのか？

しかし、私はいずれの質問も口にすることはなかった。

『ボレロ』をCDとして発売する件についても、急いで決めることではないと思い始めていた。

少し考えてみよう——そう思った。

彼がいくつかの片づけものをするあいだ、私は部屋を出て屋上に立ち、見知らぬ町の屋根や窓を見おろしていた。

かつて、『ボレロ』に収録された楽曲の中で、若きフィル・ブラウンは鳥に化けてこの町を見おろしていた。

鳥は成長の入口で孤独と苦悩を抱え、やり場のない怒りを秘めながら、「分からない」とつぶやく。「分からない」から夢を見るしかなく、どれだけいい夢を見ることができるかが才能であるかのように思い込んでいた。

しかしいま、少しばかり歳をとった鳥は、「分からなくてもいい」とつぶやいているように見える。

「分からない」なら考えればいい。そう鳥は思いなおしたのだ。

ただしかし、それでは、夢はどこへいくのだろう？

そもそも、夢とは何なのか？

夢、もしくは希望？

それは、おそらく幸福と呼ばれるものの代替《だいたい》なのだろう——と鳥は考えた。

夢は空を飛ぶように自由に楽しむものだが、幸福は飛ぶことをやめて、地に足のついた現実の中で感じとらなければ価値がない、と鳥は知ったのだ。

鳥にとって飛ぶことは易しい。問題はどのように飛ばずにいられるか、だ。

それを考えるべきだと鳥は屋上で学んだのだろう。


いま、フィル・ブラウン氏の屋上から見おろす屋根の下や窓の中で、私のまったく知らない人々が夕食の支度をしたり、テレビを見たり、本を読んだりしているのが窺《うかが》えた。

その向こうには海があり、海のずっと向こうから春の風が吹いてくるのが目に見えるようだった。

それにしても、屋上という場所は、夢を見上げるのにほどよく、また、地上で幸福を探し求める人々を見おろすのにも適度な距離が保たれ、すべてにちょうどよいところであるのかもしれなかった。

不意に私は、もし、幸福というものが見たいのなら、いまたしかにここにそれがある、と思った。

なぜ、そう思うのか自分でも分からない。

分からないけれど、それでよかった。

とにかく、ここは世界でいちばん幸せな屋上なのだと、私は誰かに電報でも打ちたい気分だった。

3

ミルリトン探偵局・3

屋上の楽園

わたしの父方の祖父は、「ピアニストか落語家になりたかった」そうである。

横から祖母が、「信じられない組み合わせでしょ？」と笑う。

「私も若いときは画家になるつもりだったの。でも、夢は夢としてね、あの時代は堅実に働いて、家族のためにお給料もらってくる必要があったから」

落語家にも画家にもならず、二人は小さな証券会社に就職し、そこで出会って結婚した。

「じゃあ、もし、おじいちゃんが落語家になったり、おばあちゃんが画家になっていたりしたら、二人は出会わなかったわけね」

「そうね、そういうことになるわね」

となると、父もこの世に生まれなかったわけで、つまり、わたしもいまここにいないことになる。

あたりまえだけれど、不思議だ。

祖父や祖母にとっての未来に、いまわたしはいるけれど、じゃあ、わたしの未来には、どんなことが待っているのだろう？


「わたし、こんがらがっちゃった」

桜が散り終わった少し寂しい夜、母と食卓でお茶を飲みながらつぶやいた。

「何がこんがらがったの？」と母。

「このあいだの、未来のこと」

「夢や希望の話？」

「というか、母上は、未来のことは『何も分からない』って言ってたけど、本当にそうなのかな？　だって、わたし次第で未来は変わっていくんだよね？」

「そうねぇ――」

「わたしが右へ行けばそういう未来になっていくし、左へ行けばそういう未来」

「まぁ、そういうことね」

「こんなわたしに未来の行く末がかかっているのが信じられないの」

母はそこで少し笑ったが、こちらは笑いごとじゃない。

「母上は、こんがらがったりしなかったの？」

「もちろん、したわよ。このひとと結婚すべきか、あのひとと結婚すべきか、どちらを選べば、おんのようないい娘が生まれるかって」

「本当に？」

「嘘。考えないわよ、そんなこと。考えたって分からないもの」

「それでいいのかなぁ？　分からなくていいの？　考えが足りなくて、間違ったりしないのかな」

「間違ったっていいじゃない。あのね、おん。なぁんにも間違えないで生きていくことなんて無理なのよ。大体、なぁんにも間違いなく生きてきたなんて思い込んでいる大人に限って、ろくな人がいないの。そういう人と結婚しちゃ駄目よ」

「え？　だから母上、それが、わたしの言っている『間違い』じゃないですか」

「え？　あ、そうなの？」

「そうですよ。母上の話を聞いてると、さらに、こんがらがってきちゃう」

「ごめんなさいね」

「母上は、『考えたって分からない』って言うけど、母上だって、ずっと考えてきたから、そう思うわけでしょう？」

「それは、そう。でもね、わたしがあなたに言いたいのは、考え過ぎないようにしなさい、ってことなの。考え過ぎて、あんまり慎重になると、未来がつまんなくなっちゃうでしょう？　どうなるか分からないことには、いつでも不安と楽しみの両方あるってことを忘れないでほしい」

ふうむ。本当にそうなのかなぁ。

不安なうえ、退屈な受験勉強をしなくてはならず、一体、どこに「楽しみ」があるっていうの？　夢と希望を思い描く暇だってないじゃない。

パチン。

まったく暇はないのだけれど、土曜日の午前0時には、かならずラジオのスイッチをいれて、FM808に合わせる。

いつものように、ゆったりとしたあたたかい音で、ジャン、ジャン、ジャン、ジャーンと、テーマソングが流れ、お風呂に入ったときのように気持ちがほぐれてくる。

あるとき、でたらめにラジオの選局ボタンを押していたら、偶然、このテーマソングが聴こえてきて、そのまま番組を聴いていたら、番組のファンになってしまったのだ。

「ああ、〈ルーフトップ・パラダイス〉だろ?」

父もその番組をよく聴いているらしい。

「あのテーマソングって誰の曲?」

「ニール・ヤングの『オンリー・ラヴ・キャン・ブレイク・ユア・ハート』。うちにはレコードもCDもあるよ」

父からCDを借り、歌詞カードを読んで何度も繰り返し聴いた。

最初はその曲ばかり熱心に聴いていたのだが、そのうち、アルバムの他の曲も気に入って、結局、どの曲も同じくらい好きになった。

アルバムのタイトルは、『アフター・ザ・ゴールド・ラッシュ』。一九七〇年に発表されたもので、ずいぶん昔の音楽だけれど、わたしには全然そんなふうに感じられない。

——今晩は。〈ルーフトップ・パラダイス〉、パーソナリティーの木田幸二です。この番組は、南青山〈FM808〉の屋上にあるささやかなアンテナから発信しています。いつも思うんですが、はたして、どこまで届いているんでしょう？　心配になるくらい小さなアンテナなんです。ささやかな電波ではありますが、今夜もいい音楽をたくさんかけますので、よろしければ、最後までお付き合いください。では、まず今夜の一曲目、フィフス・アヴェニュー・バンドの「ワン・ウェイ・オア・ジ・アザー」。

フィフス——アヴェニュー？——バンド。

机の上の——一応、ひろげてある——単語書き取りノートの隅にお気に入りの曲のタイトルをメモしている。少々、いいかげんにメモしておいても、あとで父に訊けば、大抵、「ああ、これね」とレコード棚から出してくれる。父の部屋は本よりもレコードの方が幅をきかせていて、とにかく、なんでも出てくる。

——東京はすっかり桜が散ってしまいましたが、じつは、今週の頭にイギリスまで出かけてきました。北の方の岬にある小さな町で、そこで、フィル・ブラウンという、このあいだ、年末にかけた例の幻のレコード『ボレロ』というのを録音した彼なんですが、その彼と会うことができたんです——。

わたしはラジオのボリュームを大きくした。

——というのも、その年末の放送を聴いてくださったONさんという方から、またかけてほしいというお便りをいただきまして——。

え？　ええっ？

――CDが出ていたら教えてくださいとあったんですが、残念ながら、CD化されていなくて――前にも言いましたが、レコードを手に入れるのもかなり難しいと思います。でも、ONさんのためにも、なんとかCD化できないものかなと思いまして。そうしましたら、いろいろ紆余曲折《うよきょくせつ》はあったんですが、なんとか御本人とコンタクトが取れまして、そんなことなら、ぜひ会いましょうというお手紙をいただいて、それで、はるばるその北の岬の町まで行ってきたわけです――。

え？ 信じられない。本当に？

わたしは文字どおりラジオにかじりついてしまった。

――なにしろ、自分にとって、長いこと幻だった人ですから、本当に緊張しまして、あれはどういうことなのか、くしゃみがとまらなくなって――おかしいですね。でも、会ってみたら、とても気さくな方で、いまは音楽をやめて、その北の岬の町に配布する新聞を作ってるんです。いまここにその新聞があるんですが──（がさごそ）──チャーミングないい新聞なんです。これを、フィル・ブラウンさんはたったひとりで作っていまして、そのオフィスというのがビルの屋上にあるんですが、これがまたいい屋上なんです。小さな屋上なんですけど、どうしたわけか、その屋上から自分の知らない町の家々を見おろしてるうち、涙が出てきまして。なぜか幸福な気持ちになったんです。

なんと言ったらいいのか──屋上ですから、ちょっと世俗から離れた自由な感じがあって、それでいて、すぐそこに人の生活の匂いがあって、急に人というものが愛おしくなったというか、いじらしくなったというか──。

ああ、これぞまさしく屋上の楽園、〈ルーフトップ・パラダイス〉だなと思いまして。

で、肝心のフィル・ブラウンさんのCD化のことなんですが、ただいま準備中でして、いますぐには難しいんですが、かならず実現できるだろうと思います。

少々、お待ちください──。

というわけで、ONさんからのリクエストにお応えします。

フィル・ブラウン、一九八三年のアルバム『ボレロ』の中から、これは、その北の町に古くからあるカフェについて歌ったものです。

聴いてください。「カフェ・ボレロ」――。


「カフェ・ボレロ」とノートの隅に書きとめた。

ひゃあ。

こんなことがあるなんて――。

リクエスト・カードを送ったのは、もうずいぶん前で、まさか、いまになって取り上げてくださるとは思ってもみなかった。本当に驚いた。というか、驚いただけじゃなく、話を聞いているうち、わたしはますます、フィル・ブラウンさんに魅かれてしまった。

北の果ての小さな屋上で、小さな町の新聞を作る仕事。

いいなぁ。

次の日の朝の食卓で、父に「FM808、聴いた？」とおそるおそる訊いてみたら、

「いや、きのうは円田君と卓球をやって疲れちゃって、早めに寝たから」

との答え。

そうなのだ。母の卓球熱がなかなか冷めなくて困っていた。

それでも、さすがに受験態勢に入ったわたしに、「さぁ、卓球よ」とは言わなくなり、父が身代わりになったのだが、性格的に卓球向きではない父を相手にしても手応えがないようで、とうとう円田さんにまで魔の手が及んでしまったらしい。

「で？ また夜ふかしラジオで気になる曲でも出たのか？」

「そうなんだけど――たぶん、父上も、こればっかりは知らないと思うけど」

そうことわった上で、〈フィル・ブラウン「カフェ・ボレロ」〉と書きとめたメモを渡した。父はすぐに「ん？」と言って、母にメモをまわし、

「え？ あら？ 〈カフェ・ボレロ〉？」

「あれ？ 母上、この曲を知ってるの？」

「曲？ 曲は知らないけど、〈カフェ・ボレロ〉なら、よく知ってるわよ。ほら、こな

いだ焼いたアップル・パイのレシピを教えてくれた――」

「仕事場の近くにあるカフェ?」

「そう、その店の名前が〈カフェ・ボレロ〉なの」

また、頭がこんがらがってきた。

〈カフェ・ボレロ〉というのは、フィル・ブラウンさんの住んでいるイギリスの北の町に古くからあるカフェの名前なんだけど――。

「〈カフェ・ボレロ〉だったら、来週にでも行く予定だけど、おんも来る? あのね、今度はチョコレート・ロールケーキの作り方を教わる約束なの。これがまた絶品で、教わったら作ってあげる」

単なる偶然なのかもしれないけれど、もしかして、母の言う〈カフェ・ボレロ〉へ行けば、はるか北の果てにあるフィル・ブラウンさんの「カフェ・ボレロ」のことが少しは分かるかもしれない――勝手にそう思った。

「じゃあ、わたしも連れてって」

母と約束した。

その日は土曜日で、わたしは午後から円田さんのところへ遊びに行っていた。

「鏡の国のスパイ小説」が、その後どうなったのか気になっていたのだが、

「卓球が忙しくて、それどころじゃないよ」

円田さんは苦笑していた。

「音ちゃんの母上が言うには、『書斎にひきこもって夢ばかり見ていては駄目です』って。『元気よく体を動かして、そのあとでおいしいものを食べて、そしてまた、卓球をやりましょう』って」

「で、どうなんですか？　卓球は」

「いや、母上は強すぎるよ。すごい真剣だし。『円田さん、卓球は遊びではありません。スポーツです。私たちはピンポンをやっているのではないんです』って、こわい顔して言うんだよ。あれはもうスポーツというより勝負だね。まぁ、でも楽しいよ。我を忘れるし、たしかに卓球のあとのビールは染み渡るようにうまいし」

「じゃあ、小説の方は進展してないんですね？」

「そうだなぁ——頭の中では進展しているんだけど——あ、そうそう、あのチョコレートのことなんだけど」

円田さんはシンクが持ち帰った〈1001〉チョコレートの包み紙を取り出してきた。

「調べてみたけど、少なくとも東京では見ないものだね。ただ、前に一度どこかで見たことがあるっていう洋菓子屋さんが、神戸で売っていたのを見たような気がするって」

「神戸ですか」

「で、神戸の知り合いにも問い合わせてみようと思ってるんだけど、これが本当に神戸で作られているチョコレートだとしたら、ちょっと面白いことになるかもしれない」

「なんです？　面白いことって」

「こないだも言ったけど、1001ってシンメトリーだよね。で、シンメトリーはすべて鏡の国の入口になる可能性がある」

「そうですね。ただし、冒険の入口にふさわしいドアのようなものを見つけたくて、〈非常口〉を発見したんです」

「そう。そこへきて、1001があらわれた」

「でも、これにはドアらしきものが見当たりません」

「いや、だから神戸というのが面白いんだ」

「え?」

「神戸というのは、〈神様のドア〉と書くだろう?」

「ああ――そうですね」

「いっそ、小説の舞台を神戸にしたらどうかっていう、それこそ神様からのメッセージかもしれない。まぁ、ただの偶然なんだろうけど――偶然の神様だね」

「そういえば、偶然で思い出しましたけど、昨日というか今日というか、ちょっと嬉しいことがありまして」

わたしは円田さんに、〈ルーフトップ・パラダイス〉の話をしてみた。

その番組でかかった幻のレコードのこと。それが気に入って、リクエスト・カードを書いたら番組で取り上げてくれたこと。そして、その幻のレコードを作ったフィル・ブラウンという人が、いまどこで何をしているのかということ。さらには、そのレコードに収められた曲のタイトルに「カフェ・ボレロ」というのがあって、それが偶然にも、父と母がよく行くカフェの名前であること——などなど。

「それはまた面白い話だね」

と円田さんは腕を組んだ。

「〈カフェ・ボレロ〉だったら、僕もたまに行くけど、すごくいいお店だよ。開店して、そろそろ二十年くらい経つかな？　マスターが独特な人で、店でかかっている音楽なんかもちょっとこだわりがある感じで。エスプレッソがおいしくてね、小ぢんまりとしていて、本を読んだりするのにちょうどいい」

いいなぁ。わたしも早く一人でカフェへ行って、エスプレッソを注文して、買ってきたばかりの本を読んでみたい。

ドアの向こうの偶然の神様、どうか、そのような未来をわたしに授けて下さい。

それから一週間ばかり経った夜、円田さんから「ミルリトン探偵局出動」の要請があった。夕ごはんのあと、いそいそと訪ねてみると、シンクの新しい「おみやげ」が円田さんの机に並んでいる。

「このごろ、シンクは何かを拾って帰ってくるより、持ち出す方が多いみたいでさ」

円田さんは床に積んだ本を枕にして眠っているシンクを横目で見た。

「たとえば、ほら、床に散らばってた書き損じの原稿ね、あの丸めたやつがちょっとずつ減っていくんで、おかしいなと思っていたんだけど、どうもシンクが持ち出してるみたいなんだよ」

「え？　でも、考えてみたら、あれだけいろんなものを持って帰ってくるわけですから、こちらから何かを持ち出したとしても不思議ではないですよね」

「いや、むしろ、それが当り前と考えた方がいいよね。なぜ、いままで思いつかなかったのかね。案外、シンクの行く先々で、われわれみたいな素人探偵が首をひねっているのかもしれない」

「となると、書きかけのスパイ小説の書き損じを前にして、どこかで誰かが推理しているかもしれません」

「いや、じつは、原稿だけじゃなく、ピンポン球が見当たらなくてさ。ちょうど、丸めた原稿用紙に似ているせいかもしれないけれど」

「え？　円田さん、ピンポン球を書斎に持ち込んでいるんですか」

「いや、原稿書きに疲れたときにね、ちょっと軽く練習してるんだけど、それをいつのまにか、シンクが持って行っちゃったみたいで」

ピンポン球を？

「で、今朝はひさしぶりにおみやげを持って帰ってきたのはいいんだけど、これがなんと、領収書の束で、どれもタクシーの領収書なんだよ。どうして、こんなものを持ってくるんだろう？」

机の上にひろげられたのは、たしかに〈ナントカ交通〉の領収書である。

「いよいよ、鏡の国には関係ないですね」

「そうだなぁ――タクシーか」

円田さんは唸るばかりだったが、

「いや、ちょっと待って」

急に身を乗り出した。

「何か発見がありました？」

「うんうん」

と一人でうなずいている。

「やっぱり、シンメトリーなんだよ、タクシーも」

「そうですか？」

「カタカナでタクシーと書いたら分からないけど、

TAXI

と縦に英語で書けば、ほら、見事に左右対称じゃない？」

「本当だ。でも、これってさすがに偶然ですよね？　まさか、シンクがそこまで考えて、タクシーの領収書を拾ってきたとは思えません」

「それはそうだよ。だから、これはシンクがどうのこうのじゃなく、やっぱり偶然の神様のいたずらじゃないかな。小説の主人公が一台の怪しげなタクシーに乗り込むところから物語が始まる。スパイ小説みたいに。で、タクシーに乗った瞬間、鏡の国に紛れ込んでしまう。しかし、この領収書の日付からすると、元の持ち主は、ほとんど毎日のようにタクシーに乗っているようだ。それも、ワンメーターのものがかなりあるから、ち

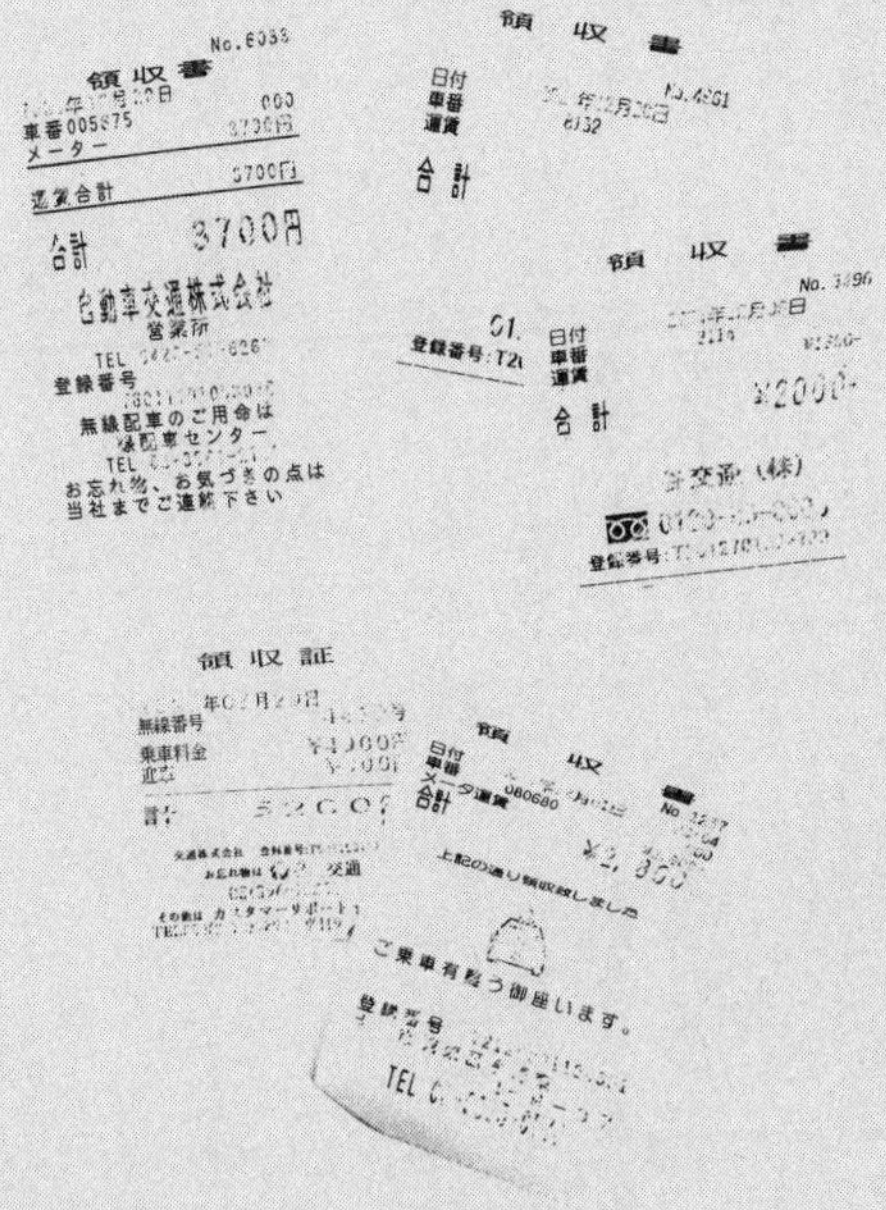

タクシーの領収書

Think's Souvenir

ょっとした移動なんかでも、タクシーを使っているんだろうね」

いいなぁ。わたしもいつか、「タクシー！」なんて呼びとめたりして、颯爽《さっそう》と「カフェまで」とか言ってみたりしたい。

嗚呼——。

ドアの向こうの偶然の神様。どうか、そのような未来をわたしに授けて下さい。

＊

〈カフェ・ボレロ〉は父と母の仕事場から歩いて十分ほどのところにあった。

商店街が途切れた、住宅街に差しかかる路地の奥にあり、大きな桜の木に囲まれているせいか、そこだけ別の空気が流れているようだった。

「このお店はね」

母が店の前で立ちどまった。

「このお店は、おんには内緒の店だったの。大人の隠《かく》れ家《が》だからね、子供は入店禁止って、私が決めたの」

「そうなんだ」

「でも、もういい。あなたも大人になったし、こういうお店を愉しめると思うから」

「そうなの？　わたしって、もう大人なの？」

急に心配になってきた。

「少なくとも、口だけはいっちょまえじゃない？　だから、そのいっちょまえの口にとびきり苦いコーヒーを飲ませてしんぜようと思って」

「え、苦いんだ？」

わたしの言葉をほとんど聞かず、母は、「こんにちは」と言いながら店の中に入ってしまった。わたしも、あわてて母のうしろに隠れながら中に入ると、すぐにコーヒーのいい香りがして、それだけでうっとりとなった。

母はさっさと店の奥へ行き、

「マスター、来ましたよ。チョコレートのロールケーキを教えてください」

と、いつにも増して元気がいい。

幸い、他にお客さんはいないようだったけれど、母に呼ばれて姿を見せた髭のマスターがニコリともしないのを見て、さらに心配になってきた。

「あ、これ、私の娘のおんです。おんは音楽のおんです」

「はじめまして、父と母がいつもお世話になっています」

ご挨拶《あいさつ》、申し上げると、

「どうも、はじめまして」

マスターはそう言うなり、カウンターの上に大きなかたまりを置いてみせた。それが噂のチョコレート・ロールケーキで、どうやら焼きたてらしい。

「おいしそう！」

母と一緒に歓声を上げたが、マスターは表情を崩さず、はっきり言ってちょっと恐いような目で、わたしと母の顔を交互に見ていた。

でも、恐いと思う反面、そのたたずまいには、どことなく安心させるものがあった。白いものがまじった短い髪と品のいい眼鏡のフレーム。よく着込んだボタンダウン・シャツと腰のあたりに無造作に巻きつけた洗いざらしのエプロン。

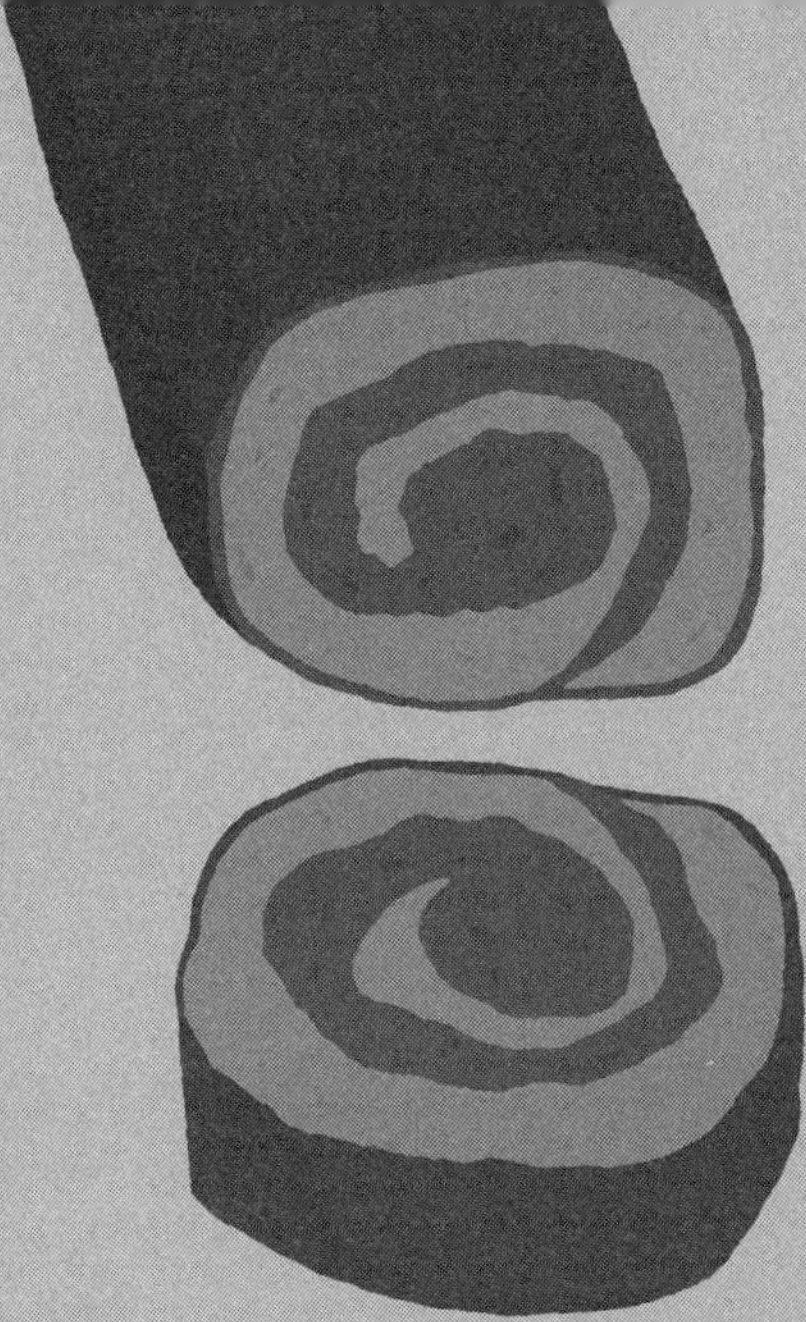

Chocolate Rolled Cake

あるいは、お店の中に流れている音楽の感じとか、壁に飾られた古いスケッチ画とか、棚に並ぶ本やレコード、暑くも寒くもない温度、そして、淡い照明の具合。そうしたすべてに気どった感じがなく、ただただシンプルで、あたたかみがあった。

それはちょうど土曜の午前0時にラジオから流れてくる、あのテーマソングの心地よさに似ていた。

「さぁ、おん、どうする？　何をいただきましょう？」

母がメニューをひらいて見せてくれたが、わたしは迷わず、

「エスプレッソ」

と答えた。

それが、わたしにとっての大人の入口だった。

奏者Ⅱ

予期せぬ出来事

1

垂直に引っ越しをしたのである。

ふつう、引っ越しというのは、荷物をトラックに乗せ、しかるべき水平移動を経て、新しい部屋なり住居なりに到着するものである。

しかし、私の引っ越しは垂直の移動であった。

同じマンションの2Fから10Fへ移動したのである。

それでも、運送屋に支払う代金は、さほど「水平」と変わりがない。どうも納得がいかないが、致し方ない。作業的には、ほとんど「水平」と同じなのだから。

問題は部屋の間取りが、まったく同じであったことだ。

同じ位置に玄関があり、台所があり、左手に流し台があって、右手に柱がある。居間、寝室、浴室、トイレ、すべてが同じ向きで同じ寸法。何ひとつ変わらなかった。201から1001への完全なる垂直移動である。

たとえば、1003への斜め垂直移動であったら、多少なりとも、間取りの変更があり、バスタブとシャワーヘッドの位置関係が微妙に違っていたかもしれない。

しかし、そのようなことは一切なかった。

おまけに、私はあまり多くの荷物を持たない主義なので、家具も少なくテレビすらない。わたしの持ち物はといえば、まずなにより愛用のホルン、それに、ドレッサーの中に保管している燕尾服《えんびふく》と蝶ネクタイのコレクション。あとは、ベッドと本棚と机と冷蔵庫とアイロンとミシンである。

ミシンの存在に不審感を抱く人がいるかもしれないので、一応、ことわっておきたい。

私は仕事で燕尾服を着用する機会が多い。しかし、オーダーメイドであるにもかかわらず、どうもいまひとつサイズが合わないのだ。その証拠に、燕尾服の袖口《そでぐち》が、じつにしばしば階段の手すりに引っかかってしまう。

引っかけてしまうのではない。

引っかかってしまうのである。

引っかかっただけならまだしも、そのまま勢いよく階段をかけ上がって、自分でも驚くほど、派手に袖口を破いてしまうことがある。というか、何度もあった。

ここで、念のため記しておきたいが、私は決して、あわて者ではない。あわて者ではない私が、そのような結果を招いてしまうのだから、これはあきらかに燕尾服の袖口に欠陥があるのだろう。

それゆえ、ミシンが欠かせないのである。

実際、ミシンというのはじつに良いもので、私はミシンに、「ロバート」という名前を付けている。

ミシンは「ロバート」。アイロンは「ニコラス」。アイロンはイタリア製である。

いや、そんなことはともかく、私が言いたいのは、私の生活は非常にシンプルであるということだ。それゆえ、家具の配置にはこだわり、研究に研究を重ねた上、完璧な配置を目指してきた。

２０１号室における暮らしは、およそ九年に及んだのだが、この九年間、私は完璧な家具の配置と共に生活してきた。したがって、今回の引っ越しは、間取りがまったく同じである以上、当然ながら、この完璧な家具の配置も、そっくりそのまま垂直移動するのが道理である。

すなわち、「１００１配置」は「２０１配置」とまったく同じであるべきだ。

それなら、引っ越しなどする必要があったのか、と不審に思われるかもしれない。これは難しい問題で、必要あったとも言えるし、必要なかったとも言える。

ひとつだけ確実なのは、あるとき、私の中に「上昇」というものが、どうしようもなく組み込まれ、それで私はロケットのように「上昇」してしまったのである。

では、なぜ「上昇」が組み込まれてしまったのか？

それは意外にも、一個のピンポン球に端を発していた。

2

その日は休日で、私は近所の公園を散策し、音楽のことはいっさい忘れて、ただひたすら〈予期せぬ出来事〉について考えていた。

五日ほど前に手相を見てもらったのである。「見られた」と言った方が正しいかもしれない。

次の演奏会のための練習を終え、いつもの帰り道を駅に向かっていたところ、

「おお、あなた、あなた」

と呼びとめられたのだ。

声の方を見ると、街角の手相占いで、もちろん私はその占い師のことなど知るよしもない。にもかかわらず、彼は「あなた、あなた」と、いかにも親しげに呼んでいる。

こういう場合、無視をして通り過ぎるのが都会を生き抜いていくための鉄則なのだが、

よく見ると、その占い師の面貌がどことなくブラームスに似ていたのである。

もし、モーツァルトに似ていたのであれば、私は素通りできたかもしれない。

しかし、ブラームスである。ブラームスそっくりの手相見なのだ。

私はその顔を、（もっと至近距離で見たい）という衝動に駆られ、吸い込まれるようにして彼の前に座っていた。

彼は話し方からして生粋《きっすい》の日本人のようであったが、近くでまじまじと見ると、ブラームス以外のなにものでもない。

「手をお見せなさい」

そう言われて右手を差し出すと、

「なるほど、やはり」

晩年のブラームスのトレードマークと言っていい白い顎《あご》ひげを撫でまわした。

「やはり？」と訊くと、

「出とります、出とります」と虫眼鏡を取り出してじっくり見ている。

「何が出ているんですか」

「申し上げてよろしいですかな？　私は積極的に申し上げる占い師ですぞ」

「ええ、構いません」

「では――」

ブラームスは目を細めて私の顔を見た。

「近いうちに、あなたの身に〈予期せぬこと〉が起きるでしょう」

「予期せぬこと？」

「いわゆる、〈予期せぬ出来事〉です」

「え？」

「二千円いただきましょう」

「はい？　ああ――」

二千円である。一応、払っておいた。

払うべきなんだろうか、とも思ったが、なにしろブラームスである。

あるいは、特殊メイクか何かによるもので、私のような練習帰りの楽団員を引き寄せるための新商法なのかもしれない。

それで、次の日の夜、同じ場所にベートーヴェンそっくりの手相見が座っていやしないかと注意してみたが、次の日も、その次の日も、ベートーヴェンはおろか、ブラームスの顔も二度と見ることはなかった。

そうなると、妙に気になってくる。

〈予期せぬ出来事〉がである。

なにしろ、〈予期せぬ出来事〉なのだから、どうしても予期できない。そして、それが「起きる」というのだから、これほど恐ろしいことはない。

しかし、よく考えてみると、これほど当り前のこともないのである。私は予言者ではないのだから。しかし――、

〈予期せぬ出来事〉とは何だろう？　〈予期せぬ出来事〉とは何だろう？

と、つい考えてしまう。

こうなると、ひたすら不安が積み重なるばかりだが、そうした不安と戦う方法がひとつだけ残されていることに気づいた。

なるべく、「良くないこと」を予期しつづければいいのである。

もちろん、〈予期せぬ出来事〉を全面的に消滅させることは不可能なのだが、その効力を弱めるのは充分に可能だった。

考えられる限りの、ありとあらゆる「良くないこと」「恐ろしいこと」「辛いこと」「悲しいこと」「痛いこと」を列挙し、常に「最悪の事態」を予期していればいい。予期してしまえば、〈予期せぬ〉ことは〈予期した〉ことになるのだから。

そうすれば、百の最悪なる〈予期せぬ出来事〉が、おそらく十ぐらいにまで減少できるのではないか——。

*

そうしたわけで、私は休日の公園を散策しながら、あらゆる事象に〈予期せぬ出来事〉を読み取っては、〈予期された出来事〉に変換していた。

それにしても、われわれの世界は何と不吉な予兆《よちょう》に充ちていることだろう。

なるべく、のんびりできる公園を選び、ベンチに腰をおろして頭を休めようと思ったが、平和な公園であればあるほど、〈予期せぬ出来事〉の影が濃くなる。

いつなんどき、ベンチが壊れるかしれない。

いつなんどき、散歩中の犬が私に向かって吠えるかしれない。

いや、こんなのは序の口である。

その辺の草むらに地雷が埋められているかもしれないし、公園めがけて飛行機が墜落する大惨事だってあり得る。誰もがそれを〈予期せぬ出来事〉と呼ぶだろう。

私は公園の端にある草むらを前にし、地雷のことを考えながら、〈さて、あとは何が起こりうるか〉と思案した。

たとえば、突如、草むらの中から毒蛇があらわれて嚙まれるとか。

いや、そのようないかにもありそうなことでは、〈予期せぬ〉度が低すぎる。

たとえば、草むらの中に珍しい形の石が落ちていて、「おや？」と拾おうとした途端、ぎっくり腰になり、その上、動物園から脱走してきた狼《おおかみ》の群れに取り囲まれるとか。

ふうむ——。

唸っていたら、突然、草むらを縫うようにして黒い小さな影がよぎった。

私はそれこそ腰を抜かしかけたが、よく見ると、それは小さな黒猫で、「にゃあ」と鳴いて、私の顔を見上げている。赤い首輪をしているから、どこかの飼い猫であろう。

「おい、黒くん」

と呼びかけると、いきなり、さっと身をひるがえし、あっという間に草むらの彼方へ消えてしまった。

いやはや、猫というのはじつに気まぐれなものである。せっかく、遊んでやろうかと思ったのに――と、またしても怪しげに草むらが波打ち、いよいよ毒蛇かと身構えたら、また黒くんだ。

しかし、今度はその小さな口に白い球のようなものをくわえている。

黙って見ていたら、その白い球を私の足もとに置き、何ごとか訴えるように私を見上げている。どうやら黒くんは、その白い球で私と遊んでほしいようだ。

私は「ぎっくり腰」と「狼」の襲来を予期しながら、その白い球を拾い上げた。なんのことはない、ただのピンポン球である。

それにしても、ピンポン球を手にするのは、じつにひさしぶりだった。それは、あまりにも軽く、なんだか、じつに儚《はかな》い生きもののようである。

「にゃあ」と催促するように黒くんが鳴いている。

「よし」

あとで考えてみると、なぜ、そんなことをしたのか分からないのだが――おそらく、以前、犬と遊んだときに、私が投げたボールを犬が喜び勇んで拾いに行ったのを思い出したのだろう――私はそのピンポン球を握りしめると、草むらの彼方へ狙いを定め、

「えいやぁ」

と声を上げて思いきり放り投げた。

ぽてん、という気の抜けた乾いた音が聞こえ、見ると、ピンポン球はすぐそこの草むらに転がっていた。黒くんがじっと見つめている。

私はすぐさま球を拾い上げ、「よし、今度こそ」とつぶやいたが、何が「今度こそ」なのか分からない。しかし、私は燃え上がっていた。

「うおりゃあ」

と叫んだように思う。

全身の力をピンポン球に託し、「十メートルっ」と吠えながら投球した。

瞬間、右腕が飛んで行ってしまったのではないか、と感じられたが、何の音もなく、衝撃もなかった。

ただ、右腕が消えてしまったような感覚だけが残っていた。

「脱臼《だっきゅう》ですな」

と医者に言われた。

理解できなかった。これまで一度として脱臼の経験などなく、納得できないので、いまいちど確認したが、

「脱臼ですな」

と断言された。

なんだか、〈脱臼〉という言葉――その〈臼〉という字に力が抜ける思いである。

情けなかった。

「うおりゃあ」と叫んだ自分の声が頭の中にこだましている。

3

こんな私であるが、職業はクラシック音楽の演奏家である。

結構、大きなオーケストラに所属し、フレンチ・ホルンを担当している。

ホルンという楽器はそれなりの大きさと重さがあり、言うまでもなく、その大きさと重さを両手で支えながら吹奏《すいそう》するのである。

したがって、肩の脱臼は致命的な事件なのであった。

しかも、楽団はこの春に〈連続演奏会〉を控えており、このような事態になってしまった以上、早急に楽団の事務局に報告する必要があった。

「怪我?」

事務局長の平間さん——女性である——が私の体を上から下まで眺めていた。

「あの——肩なんですけど」

「肩？　見たところ、どうにもなっていないようですが」

「いえ——その——脱臼でして」

「脱臼？　どうしてまた？」

それだけは訊いて欲しくなかったのだが、

「ええとですね——あの——卓球の——」

「卓球？『たっきゅう』で『だっきゅう』になったんですか」

たしかに冗談だと思われても仕方がない。

「今度の演奏会は、あなたに出てもらわないと困るんです。ただでさえ、ホルンは人手が足りないんですから」

そうなのである。同じフレンチ・ホルン担当の岡本さんが、おとといの晩、盲腸で入院してしまったばかりなのだ。

私は力の入らない右手を左手でかばいながらため息をついた。

と、そこへ、

「あの、すみません——」

チューバ奏者の二宮君の声が聞こえ、私と平間さんが振り向くと、驚くべき様相の彼が立っていた。

「すみません。事故っちゃいまして、この有様です」

首を中心に頭と腕と胸に包帯が巻かれ、黙っていたら、二宮君と判別できない。

「いえ、大したことはないんです。ちょっとした追突なので、すぐによくなると思います。心配いりません。コンサートには出ます。這《は》ってでも出ます」

「だって、二宮君、その様子じゃ——そもそも、入院しなくて平気？　事故なんでしょう？」

「いえ、なんのこれしき」

私は消え入ってしまいたかった。

というより、私のことなどもう誰も気にしていない。消え入らずとも、すでに消え入ったも同然である。

なにしろ、私は脱臼なのだ。たかが脱臼である。

こんなことなら、いっそのこと骨折してしまった方が、まだ格好がついた。

——などと不遜《ふそん》なことを考えていたら、天罰がくだって本当に骨折してしまった。脱臼のわずか二日後、今度は足であった。足とはいっても、左足の親指を強打したことによる骨折なのだが、いちおう包帯巻きである。松葉杖である。

この新局面をいち早く事務局に報告しなくてはと思い、病院から松葉杖を飛ばし——とは言わないが——とにかく、急いで事務局に駆け込んだ。

「え？」

平間さんが私の松葉杖に絶望的な視線を投げた。

「骨折なんです」

私は念のため、包帯の巻かれた左足を示した。

「それもまさか——卓球で？」

「いえ、そうではなく」

なるべく快活に答えた。

「燕尾服に問題があったんです。あの尾の部分、あれが浴室のドアにはさまりまして、それで転んでしまったんです。右肩を脱臼しているので、とっさに肩をかばいながら倒れ込んだら――この有様です」

たしか、二宮君が「この有様です」と言っていたのを思い出したので真似てみた。

「浴室って――自宅でも燕尾服を着ているんですか？　浴室で？」

「いえ、ちょっと袖口に気になるところがありまして、ミシンで直していたんです。で、その仕上がりを浴室の鏡に映していたら――」

「――――」

「ロバートは――じゃなくて、ミシンは完璧だったんです」

そうなのだ。うまく縫えたのである。

「そうでしたか」

平間さんは霧笛のように長いため息をついた。

「――本当に困りました」

本当に困っているようだった。

ところが、こういうことはつづくもので、私が骨折の報告をした翌日、今度はティンパニ奏者の本田さんが階段で足を滑らして腰を強打し、全治二週間の怪我を負ってしまった。ティンパニ奏者の「強打」とは、またじつに痛そうである。

しかし、この「強打」が決定打になり、ついに楽団員に通達があった。

――次回の〈連続演奏会〉は、急遽《きゅうきょ》、演目を変更することになりました。新たに選出したプログラムは、ラヴェルの〈管弦楽曲集〉です。ラヴェルは人気もありますし、これまで交響曲との抱き合わせで演奏してきたレパートリーがいくつかあります。

平間さんの苦肉の策だった。

本当は、ショスタコーヴィッチの『第五シンフォニー』に挑戦するところだったのだが、怪我人を何人も抱えたオーケストラに、この難曲はハードルが高すぎる。

すぐに新しいプログラムが検討され、数あるラヴェルの名曲群から、『ボレロ』『スペイン狂詩曲』『ラ・ヴァルス』『ダフニスとクロエ』が選出され、即日、新しい楽譜が配布されることとなった。

じつを言うと、私はこの展開に胸が躍ったのである。

ここだけの話、私は「ラヴェルこそオーケストラの醍醐味《だいごみ》」と思っている。中でも、『ボレロ』は格別だ。

この曲には、どう考えても不思議な魔法が閉じ込められているとしか思えない。

ひたすら繰り返される旋律の中心に、ゆったりと旋回する渦があり、私が感じるところ、その渦は螺旋《らせん》状のゆるやかな階段のようなのだ。

曲が進むにつれ、私たち奏者は自然とその階段をのぼり始め、本当にいい演奏ができたときは階段が万華鏡のような輝きを放つ。

（骨折などしている場合ではない）

できることなら、その輝きをいまいちど目にしたかった。

4

これまで私は車というものにほとんど縁がなかったのである。免許も持っていないし、バスやタクシーにも滅多に乗らない。決して、嫌いというわけではなく、たまたま機会がなかったのだ。

しかし、さすがに足の骨折となると、楽団の練習へ行くにもタクシーが必要で、慣れないだけに最初は戸惑ったが、これがじつに新鮮な経験であった。

ある運転手は一言も口をきかず、ある運転手は小さな声でおかしな歌を延々と歌いつづけていた。また、ある運転手は、「ちょっと悲しい話をしていいですか?」と前置きし、自分の祖父が若いときにアイスクリーム売りのアルバイトをして、ひとつも売れなかったという話を切々と話してくれた。

かと思えば、

「私、ニコラス刑事のファンなんです」

と低い声でそう言い、バックミラーごしに、しきりに私と視線を合わせようとする妙な運転手もいた。

「お客さん、どう思います？　ニコラス刑事」

そもそも、〈ニコラス刑事〉を私は知らなかった。「刑事」と言っているのだから、とにかく刑事ではあるのだろう。「ニコラス」といえば、私のアイロンの名前なのだが、基本的には外国人の名前である。ということは、外国人の刑事なのかもしれない。たしか、「コロンボ」という名の刑事が活躍するアメリカのドラマがあった。あるいは、私が子供のころに観ていたテレビドラマでは、新人の刑事が「ジーパン」とか「テキサス」とか「ロッキー」などと呼ばれていた。いずれも日本人の役者が演じていたが、おそらく、その運転手が夢中になっているのは、この手のドラマの主人公か何かなのだろう。

いずれにせよ、私はテレビを見ないので、〈ニコラス刑事〉について何ら感想を述べることが出来なかったのだが、タクシーというのは、ドライバーとのコミュニケイションの場でもあるので、もう少し、世の中の流行に関心を持つべきであると反省した。

コミュニケイションといえば、また別の例もあり、それは髪を金色に染めた若者が運転するタクシーに乗り合わせたときだった。

その運転手は、私が車内に乗り込むなり、

「自分、ラッパーなんですけど、お客さん、ラップはOK？」

と訊いてきた。

まずもって、〈ラッパー〉というのが分からず、おそらく、特殊な――この場合、金髪のタクシー運転手を指している――俗語か何かだろうと思い、よく分からないまま「OKです」と答えてしまったのがまずかった。

いきなり凄《すさ》まじいリズムが大音響で流れ、そのリズムに合わせて運転手が何ごとか喋り出した。とても熱狂的で、「とにかく急いで伝えたいことがある」というのは伝わってくる。しかしながら、肝心の言葉が日本語のようでありながら英語のようであり、私にはほとんど理解できなかった。

かろうじて聞き取れたのは、「俺はラッパー・ドライバー」という繰り返し。

あとは、「ロチュー」や「メンテー」などといういくつかの外国語。

のみならず、彼がかなり高度な「ブレス」のテクニックを持っていることに驚嘆《きょうたん》させられた。信じ難いほど長いフレーズを、まったく息つぎをせずに何度も繰り返す――。

もし、この金髪青年が私と同じ道を歩んでいたら、かなり高いレベルのホルン奏者になっていただろう。

私の知らないところに奥深い世界があった。

私は骨折によって、それらを学んだのである。

そうしたタクシーの日々が過ぎいく一方、われわれのオーケストラは春の〈連続演奏会〉に向けて、着々と練習を重ねていた。

おそらく、怪我人――私もそのうちの一人だが――を抱えてしまったことで、楽団員の誰もが、いつもより数段上の演奏を目指していたのではないかと思われる。

われわれは憑《つ》かれたように練習を繰り返し、おろしたての新しい楽譜が真っ黒になるほど、数多くの注意点を書き込んだ。

その結果、最終リハーサルにおいて何度も指揮者を唸らせ、

「平間さんの目にも涙」

というフレーズを生むほど、稀《まれ》に見る質の高い演奏を完成させたのである。

5

しかし、どれほど練習を積んでも、初日というのは緊張を強《し》いられるものである。

私は初日に限って、表玄関でも裏口でもなく、その会場の非常口を通って楽屋入りするのを常としている。私流の験《げん》かつぎである。

この験かつぎというのも忙しいもので、楽屋入りをしてからが、ひと苦労である。

まず楽屋に入ったら自家製のチェックシートを取り出し、燕尾服と蝶ネクタイとマウスピースの三点セットを確認する。

次に眼鏡をステージ用のものに取り替え、アイロン「ニコラス」によって仕立てられたシャツを着て、蝶ネクタイを締める。そこで、鏡を見ながら一回転ターン。問題がなければ燕尾服を装着し、靴を履《は》き替え、ハンカチと楽譜を用意して、いよいよフレンチ・ホルンを取り出す。取り出したら柔らかい布で表面を磨き、慎重な手つきでマウスピースをジョイント。

完了。

もし、この順番をひとつでも間違えてしまったら、最初からやり直しである。

そうこうするうち、皆の身じろぎが緊張から沈黙へと変わり、やがて、開演のブザーが鳴り響いて、いざ、ステージへ。

じつを言えば、私は初日の三日前まで松葉杖に頼っていた。

脱臼の方は完治していたのだが、骨折は足の指一本といえど、そう簡単には治らない。ただ、私は舞台の上で一回転ターンを披露するわけではなく、ひたすら黙って座りつづけ、楽譜に示された該当箇所においてのみホルンを吹けばよいのだから、基本的に折れた足の指に何ら影響はない。

しかしながら、私が『ボレロ』の演奏中に見てしまう例の夢想が、結果として私の指に重い響きをもたらしているようだった。

あくまでも私見だが、『ボレロ』という曲は魔法めいた上昇の力によって支えられている。曲の中心で渦を巻く「ゆるやかな階段」が曲の進行と共に一人、二人と奏者を巻き込み、階段の果てにあるものを「見てみたい」という思いに拍車をかける。

ところが、次第に大きな音で奏でられる旋律とは裏腹に、階段を歩む奏者の歩みは、どこか軽やかになり、そのせいか、あと一歩というところで、階段は夢に消え、奏者たちは皆、たちどころに元の地平へ還《かえ》される。

私は初日の公演においても、次の日も、その次の日の演奏中にも、常にその「ゆるやかな階段」をのぼりつめようと試みたが、どうしても最後の一瞬で重力に負け、階段の果てにあるものを目にすることができなかった。

そして、その重力に戻される着地の瞬間、かならず、私の折れた親指に、ずしりと重い一撃が響いた。

夢見る者への、現実からの手痛い一撃だった。

6

今回の〈連続演奏会〉は横浜で最終公演を迎えることになったのだが、足に不安を残していた私は、迷わず自宅近くでタクシーを拾った。

いつもどおり後部座席にホルンのケースを寝かせ、関内にある会場の名を告げると、運転手は最初、ただ「はい」と答えただけだった。

しかし、しばらく走ったところで、

「じつは、昨日の晩、ひさしぶりに横浜のことを思い出していたんです」

と言い出した。

「横浜に思い出が？」と訊いてみると、

「大学があっちだったんで、下宿していたんです」とのこと。

ドライバーのＩＤカードをさりげなく確認すると、「立石三郎」とあった。

「もう三十年前の話です。横浜にいたのは大学の四年間だけだったんですが、まぁ、いろいろあって——なのに、思い出すのは、決まってアルバイトのことばかりで、ピザの皿を洗う仕事だったんですけど、これが本当にきつくて」

バックミラーに映るドライバー——立石さんは苦笑していた。

「次々と皿洗いのバイトが辞めていくことで有名な店だったんです。でも、私、そこで十カ月間つづいたんですよ。いや、お客さん、それって大記録なんです。その店——〈アンジェリーナ〉っていうんですが、ご存じないですか？　いまも伊勢佐木町にあると思いますけど、この十カ月っていう記録は、いまだに破られていないと思います。たいていは二週間、長くて、ひと月がいいところなんです」

さて？　自慢話だろうか——。

「とにかく、単調な仕事で、ひたすら皿を洗うだけなんです。それも白い大きな皿ばかり。何時間も何時間も。もちろん、何度、辞めようと思ったか。でも、仲間がね——そのアルバイトを一緒にやっていた仲間なんですが、私の他に四人いたんです。この四人がなぜか、誰も辞めないんです。本当はみんな辞めたいんだけど、どうしてか辞めない。私もね、つづければつづけるほど、自分が最初に辞めるのは嫌《いや》だなと思って、それでつづけちゃったんです。たぶん、みんな考えは同じで、それで十カ月もつづいたわけです」

「仲がよかったんですね」

「いや、それがそうでもなくて。ただ一緒に皿洗いをしていただけです。でも、大学の友人の顔はとっくに忘れてしまったのに、その十カ月の仲間の顔は、いまでもはっきり覚えていて。それでいて、この三十年、四人の誰とも顔を合わせたことがないんです。彼らがどこに住んでいるのかも知りません」

「そうですか」──と私はそう言うしかない。

「いや、ただね、せっかくこんな仕事をしているんだから、あのときの四人の誰でもいいから、偶然、私の車に乗ってこないものかなって」

そこで、ふと思いついた。

「その四人というのは、男ばかりの四人だったんですか？」

「いや、女性が一人いて、彼女、本当に根性があって、どんなに仕事がきついときでも、歌を歌っていて――ララって。それでみんなに、ララって呼ばれていたんですが、いつも、ララ、ララって呼んでいたから、彼女の本当の名前が何だったか思い出せないんです。だから、四人のうち誰に乗ってきてほしいかって言ったら、やっぱり彼女で――」

そこで急に立石さんは口をつぐんでしまった。

まだ話がつづくものと思っていたので、唐突な沈黙に戸惑ったものの、あるいは、何か思い出そうとしているのかもしれない、としばらく私も沈黙していた。

そのあと楽屋に入って、いつもの験かつぎをこなし、鏡に向かって一回転ターンをしたあと、ふと、鏡の中に自分の三十年前と三十年後の姿を思い描いてみようと試みた。

しかし、そのどちらにも私には遠いのか、何も浮かばない。

三十年後、私はどうなっているのだろう――。

思いがけず感傷的になり、少し離れたところで楽器の手入れをしていた二宮君を見つけて、しばらく彼の姿をぼんやり眺めていた。二宮君は追突事故の後遺症に悩まされ、この〈連続演奏会〉には不参加のままだった。しかし、「這ってでも出ます」という言葉どおり、ようやく参加できることになったのである。

私の視線に気づくと、彼はぎこちなく上体を動かしながらそばへ来て、

「どうにか、ぎりぎり間に合いました。やっと、医者の許可がおりたんです。今日は僕も吹きますよ」

ひさしぶりの笑顔だった。


かくして、最終日の幕が開き、滞《とどこお》りなく演奏はつづいていた――。

最後の曲は、やはり『ボレロ』で、演奏は練習の甲斐あって完璧であり、「ゆるやかな階段」はあくまでもゆるやかにつづいて、あの万華鏡の輝きを放っていた。

私たちは足どり軽く上昇をつづけ、上昇が際立ってくる第二五五小節では、二宮君のチューバも艶《つや》やかに響きわたった。

そして、オーケストラの全楽器が頂点にのぼりつめ始める第三二七小節。

それまでひたすら繰り返されてきたテーマの反復が、さらに一段押し上げられるよう

に転調するその一瞬――。

私の脳裏に見たことのない光景が瞬《またた》いた。

最初は何だか分からなかった。

まるで、階段をのぼりつめた先で、いきなりドアが開かれ、目がくらむような屋上の明るさへ押し出されたようだった。しかし、光に目が馴染んでくると、その正体はまさに見知らぬビルの屋上で、屋上いっぱいに陽の光が充ちていた。

よく見ると、光の中に何人かの人物が浮かんでは消え、そのうちひとりは女性で、長い髪をまとめて帽子の中に押し込んでいる。

他の何人かはおそらく男性で、半袖のシャツを風にはためかせていた。

誰も口を開かず、ただ黙って、思い思いに空を見ている。

私はなんとか彼らの顔を見ようとしたのだが、すぐに音楽はクライマックスに達し、次の瞬間には屋上も光も消えて、彼らの姿はもうそこになかった。


公演が終了し、私はホルンと燕尾服を抱えて会場をあとにした。

しばらく歩いたところでタクシーを拾い、シートに腰をおろして行き先を告げるなり目を閉じた。

演奏中に見た光景を反芻《はんすう》していた――。

明確に何かが見えたわけではない。しかし、あの屋上にいた彼らはみな若く、おそらく、仕事の合間にひと息ついていたのだろう。

「あの」と試しに運転手に訊いてみた。「伊勢佐木町は、ここから遠いですか?」

「いや、すぐそこですよ」と運転手は窓の外を指さした。

「じゃあ、伊勢佐木町に昔からあるイタリアン・レストランで――」

そこで名前を失念してしまったことに気づいて口ごもってしまったのだが、

「ああ、〈アンジェリーナ〉でしょう?」

運転手が言い当てた。

「あの店なら、ついこないだ――一週間くらい前かな? お客さんを乗せて行ったら、すっかり更地になってましたよ。昔は繁盛《はんじょう》していたんですけどね」

＊

それから、だいぶ経って――。

あのとき私が目にしたのは、幸せな光景ではなかったろうかと、ふと気づいた。幸せというのは、大体、後になってから気づくもので、そのとき、その場に居合わせていても、それが「幸せ」であるとは誰も気づかない。

あの屋上の彼らも、自分たちが幸せな光景の中にいると気づいていなかったろう。そんなふうに見えた。

彼らがそれに気づくのは、おそらく三十年後のことだ。

しかし、誰も三十年先のことなど考えず、ましてや、三十年後に誰かがあの屋上を幻の中に見出し、「ここに幸せな光景が」と言い出すことなど予測できるはずがない。

であるなら、これもまたひとつの〈予期せぬ出来事〉と呼べるかもしれない。

思えば、不安なことばかり探しまわっていた私だったが、幸福もまた〈予期せぬ出来事〉だったのである。

4

ミルリトン探偵局・4

雨の日の小さなカフェ

円田さんはその日、ねじり鉢巻をしていた。

ねじり鉢巻も円田さんにとっては小説家風の小道具なのだそうだが、小道具が増えるばかりで、依然として、「鏡の国のスパイ小説」は書き進められていないようだった。

「音ちゃんの葉書が読まれたっていうラジオ番組ね、このあいだ、聴いてみたんだけど」

その日、わたしは〈カフェ・ボレロ〉に行ってきた話を円田さんに報告しに来たのだが、いきなり円田さんの方から、〈ルーフトップ・パラダイス〉の話が始まった。

「あの番組、じつに興味深いよ」

このごろ、円田さんが「興味深い」と言うものは小説に関することばかりだ。

「あの番組こそ、偶然の神様がくれた最大のヒントだね」

ほら、やっぱり。

「あの番組にはね、このあいだのチョコレートと対になるような暗号が秘められていたんだよ」

「〈ルーフトップ・パラダイス〉にですか？」

「そうだよ、よく考えてごらん」

「え？　もしかして、鏡文字ですか？――ルーフ？――トップ？」

「いや、あの番組って午前0時に始まるよね？」

「ええ、土曜日の午前0時です」

「うん、それで、まずはこの午前0時という時間なんだけど」

「あ、分かった。0がシンメトリーなんですね？」

「うん、ひとつはそれ。で、僕が書斎で使っているこの時計なんだけど」

円田さんは机の上に載っている小さな目覚まし時計を取り上げた。

「この時計、見てのとおり、文字盤に数字が入ってないでしょう？　たとえば、3と6と9と12の四つだけ入っているのがあるけど、これは数字がまったくない」

たしかに数字は一切なく、目盛だけが分刻みで入っていた。

「でね、音ちゃんが毎週聴いているっていうから、一度、聴いてみなきゃと思ってさ、金曜の夕方に忘れないよう目覚ましをかけておいたんだよ。ちょうど午前0時に鳴るようにね。それで、原稿用紙に向かっていつものように悶々《もんもん》としていたら、そんなことすっかり忘れちゃってさ、夜中の十二時にリンリン鳴り出してびっくりしたよ」

「そうでしたか――」

「いや、話はここからでね。ベルが鳴って時計を見た瞬間、なんと、この目覚ましの四本の針が見事に全部重なっていたんだよ。長針、短針、秒針、そして十二時に合わせたアラームの針。それは本当にその一瞬だけなんだけど、これこそ、あっと驚くシンメトリーで、一秒後には、もう秒針がシンメトリーを乱し始めた。だから、まさに一瞬で」

「おお。たしかにそうですね。ということは、目覚ましの針を十二に合わせておけば、この時計、一日に二回シンメトリーになるんですね」

「そう。ただし昼の十二時は、正確に言うと0時じゃない。だから、やっぱり夜中の十二時、つまり午前0時こそ、すべてがシンメトリーになる時間ということになる」

「一日のうちの、たった一瞬だけですか」

「そう。それこそ鏡の国の入口にふさわしいよ。その一瞬を逃さないために、時報と共に鏡に入り込んでゆく。そこから物語が始まる。ね？　いいでしょう？」

「面白いですけど、それってつまり時計の話ですよね？　ラジオとは関係が――」

「いやいや、まだ話はつづくんだよ。時計のあとはラジオの話」

と円田さんは愛用のラジオを引き出しから取り出してきた。それならよく知ってる。このあいだ、父がここへ将棋を指しに来たときに、ちょっと聴かせてもらった。デジタル式で小ぶりだけど、すごく音がいい。

「音ちゃんも知っていると思うけど、このラジオ、スイッチを入れると、フロントパネルに液晶で周波数が浮かび上がる。でね、〈ルーフトップ・パラダイス〉を放送している局に合わせてみると――ほら」

「あ、シンメトリー」

そうなのだった。FM808である。

パネルに、808という数字が浮かび上がっていた。

「ね？　この二つをたてつづけに発見して驚いたんだよ。しかも、番組の最後にリクエスト・カードの宛先を言ってたけど、このＦＭ８０８って〈南青山〉にあるんだよね？これまたシンメトリーでさ、おまけに、あのＤＪっていうか、パーソナリティーっていうのかな？　彼の名前を新聞のラジオ欄で確かめてみたら、〈木田幸二〉とあって、これまた見事にシンメトリーになってる。音ちゃん、気づいてた？」

「いえ、まったく」

「ちなみに、音ちゃんは横書き世代だから自分で気づいていないみたいだけど、吉田音と縦に書いてみるといいよ。ついでに僕の名前もね」

「ああ——」

笑うしかなかった。円田さんほどではないにしても、わたしだって少しはシンメトリーについて考えていたのである。でも、まさか自分の名前がそうだとは——。

「まだ、あるんだよ、音ちゃん」

まだあるんですか？

「さっき言った、１００１チョコレートとの関係だけどね」

そうだった、まだそれを聞いていない。

「このFM808で気づいたんだけど、数字って、意外と左右対称になるのが少ないんだよ。0と1と8の、たった三つしかない。だから、この三つの数字をシンメトリーにして組み合わせていくしかないんだけど、たとえば、1から10000までの数字の中で、鏡に映しても同じに見える数字が、いくつあるかっていうと、わずか十六個しかない。もっと沢山あるように思うけど。だから、この一カ月くらいのあいだに、二つもシンメトリーの数字に出会うっていうのは、なかなかの偶然なんだよ」

「なかなかの偶然ですか――」

「そう、なかなかの偶然。しかも、この二つの数字はそれぞれ、ある特定の場所を示してる。しかも、その二つの場所はドアでつながっていて――」

「ドアで？　このあいだ言ってた神戸のことですか？」

「そう。ひとつは神戸。じつは、1001チョコレートが神戸で製造されていると確認できたんだよ。岩崎製菓っていう外国向けのチョコレートをつくっていたところで、この1001というのは、〈アラビアン・ナイト〉っていう名前の詰め合わせチョコレートにパッケージされているらしい」

「じゃあ、円田さんの推理は当たっていたんですね」

「そう。で、こう考えてみた。神戸のどこか――たとえば、マンションの一室でもいいんだけど、十階の一号室、つまり1001だね。その部屋のドアを午前0時きっかりにノックするところから物語が始まる。このドアは通称〈神様のドア〉といって――」

「あれ？　非常口じゃないんですか」

「いや、非常口のことはいったん置いておこう。でね、もうひとつのドアは東京の南青山にある808号室のドア」

「え？　東京にもドアがあるんでしたっけ？」

それは初耳だった。神戸にはちゃんと〈戸〉があるけれど。

「いや、音ちゃん、東京にもひとつ、隠し戸があるんだよ」

「隠し戸ですか」

「うん。江戸という〈水のドア〉」

「まさか、急に物語が江戸時代にさかのぼっちゃうんですか」

「この際、さかのぼっちゃおう」

「そんなの駄目ですよ。いくら小説でも、そこはしっかりしましょう。江戸時代にFM808はなかったんですから」

「そう、なかったよね。でも、音ちゃん、驚いたことに江戸はその昔、大江戸八百八《はっぴゃくや》町《ちょう》と呼ばれていたんだよ。808。ね?」

円田さんは、ねじり鉢巻を締めなおした。

「そういうわけで、〈神様のドア〉から〈水のドア〉へと鏡の国を通じてつながっていくという展開。どうだろう?」

「そうですね——江戸というのが、ちょっと——スパイ小説なんですよね?」

「そう。だから、戦争の影もないとね。前にも言ったけど、『鏡の国の戦争』っていうスパイ小説もあることだし。『鏡の国のアリス』だって、チェスの戦いをモチーフにしていた。まぁ、戦争と言っても情報戦争かな。まさにスパイの世界だよね」

「アイディアはあるんですか?」

「いや、アイディアはまだないんだよ。偶然があるだけで」

「偶然ですか——戦争に関係する？」

どこまで偶然に頼っているんだろう——。

「まぁ、これこそ本当の偶然なんだけどね、この1001と808という二つの数字を並べて、ああでもないこうでもないとやっていたら、ふと、二つの数字の間には何があるんだろうと思って」

「間ですか？」

「そう。スパイというのは二つの世界の間に立たされる存在だからね。で、まぁごく単純に1001から808を引いてみたんだけど、答えは193。これが二つの世界の間にある数字で、この〈193〉という数字って、音ちゃんも知ってのとおり、受験勉強の世界では〈戦〉つまり〈いくさ〉と読むものと相場が決まってる」

たしかに。

「なかなかの偶然だろう？　これで、なんとか小説に——まとまらないか」

＊

それから一週間が過ぎた土曜日の午後、母が、〈カフェ・ボレロ〉のマスターに教わったチョコレート・ロールケーキを三本もこしらえた。

最初の二本は「練習のつもり」と母は言っていたが、味見してみた限り、ほとんど〈カフェ・ボレロ〉でいただいたものと変わりなかった。

それで、三本目は「本番」ということだったが、これも端の方を少し切って食べてみたけれど、完全に同じだった。

「おん――」

「はい」

「このケーキをマスターのところへ持って行ってくれない？　今日、マスターに仕上がりを味見してもらう約束をしていたんだけど、急な仕事が入って、どうしても手が離せないの。いい？　雨の中、悪いんだけど」

ふうむ。わたしだって、いろいろ忙しいんだけど、

「分かりました」

と気前よく請け負った。いい娘である。

やさしい雨だった。

ずっと昔から知っているような雨だ。

三本目のロールケーキを胸に抱え、傘をさして〈カフェ・ボレロ〉まで歩いた。

近づくにつれて胸がときめく。母のおつかいであるのが残念だったけれど、ついに初めて一人でカフェに行くのだ。こんなやさしい雨の日に小さなカフェへ行けるなんて。

母からお駄賃としてコーヒー代もいただいてきた。エスプレッソを飲もう。それとも、カプチーノにしようか。カフェ・モカなんていう、いかにもおいしそうなのもあった。

いひひひ。

店の中に入ると、驚いたことに〈ルーフトップ・パラダイス〉のテーマソングが流れていた。

「こんにちは」

マスターはこのあいだと違ってそんなに恐い顔はしていない。

「今日は母の代理で参りました。これは、こないだ教わって、母がつくったものです。味見をしていただけたら、と母が申しておりました」

そう伝えて、カウンターの上にロールケーキを置いた。

「あの——」

わたしは、どうしても気になって言わずにおれなかった。

「いま、かかっているこの曲、ニール・ヤングの『オンリー・ラヴ・キャン・ブレイク・ユア・ハート』ですよね。わたし、大好きなんです」

「本当に？」

マスターは細い目を開いてわたしの顔を見た。

「音さん、だったよね？　どうぞ、そこへ」

カウンター席に座るよう促してくれた。他にお客さんはいない。店の中にはテーブルと椅子だけが並び、そこにニール・ヤングが流れていた。

「何を召し上がります？」

マスターはカウンターを丁寧に拭き、メニューと水の入ったコップを静かに置いた。代わりに灰皿とマッチが片づけられそうになったので、

「あ、そのマッチ見せてください。わたし、マッチが好きなんです」

あわててそう言うと、

「どうぞ、おみやげに」

そっと手のひらにのせてくれた。

＊

〈カフェ・ボレロ〉の帰りに円田さんの家に寄ったら、円田さんは机に向かって原稿を書いている最中だった。いつのまにか髪を短く切って、ねじり鉢巻もしていない。床はすっかり掃除され、書き損じの原稿もなく、シンクが本を枕にして眠っていた。

「いよいよ書き始めたんですね」

シンクの横に腰をおろした。

「うん。心機一転ね。もう、鏡の国もスパイもやめたんだよ」

声が明るかった。

「急に、ごく普通の人たちの話が書きたくなってさ。なにひとつ事件が起こらない小説。でも、考えてみたら、スパイに限らず、誰だって〈二つの世界〉の間で右往左往しながら生きているんじゃないかな」

「誰だって――ですか」

「そう、僕も音ちゃんもね。〈二つの世界〉の間に立たされて、考えたり悩んだり」

不意にシンクが目を覚まし、大きなあくびをしながら起き上がった。

わたしの顔を見上げて鳴いている。なんだか、ひとまわり大きくなったような気がするけれど、シンクだって大人になっていくんだから当り前か。

鞄の中を探り、おみやげにもらってきた〈カフェ・ボレロ〉のマッチを取り出した。

「ほら、シンク。いいでしょ。わたしはもう大人になったから、一人でカフェに行ったりできるんだよ」

見せびらかしてみたが、シンクは知らぬふりだ。

「音ちゃん、〈カフェ・ボレロ〉に行ってきたんだ?」

円田さんは煙草《たばこ》をくわえ、何かを探している様子。

「マッチでしたら、これをどうぞ」

と差し出した瞬間、いきなりシンクがマッチに飛びついた。口にくわえて書斎から走り出し、「あっ」と声をあげたときには、シンク専用の猫扉から消えていた。

窓の外には、あのやさしい雨が降りつづいている。

CAFE
BOLERO

アンジェリーナ 1970

Angelina 1970

1

あの年は、ずっと雨が降っていたような気がする。

春にはやさしい雨が降り、夏には生あたたかい雨が降った。秋の雨は針のようで、冬に降った雨はことのほか冷たかった。

十カ月——。

「よく続いたものだな」

最後に私たちは握手をして別れた。誰の手もささくれだち、指先には油がしみついていた。ララがそこにいないのは残念だったが、これぱかりは致し方ない。

私は雨に濡れながらアパートまで歩いて帰った。

街は嘘のように静かで、じきに朝だった。

あんなに真新しかった一九七〇年が終わろうとしていた。


私が〈アンジェリーナ〉の皿洗いを始めたのは、その年の三月のことだ。前の月まで、桜木町《さくらぎちょう》にあった小さな染色会社の工場で働いていたのだが、その会社が何の前ぶれもなく倒産してしまったので、仕方なく、求人広告の「ボード」を見に行った。

野毛町の労済会館の脇を入った路地奥に、学校の黒板のような「ボード」があり、そこに市内のさまざまな職種の求人票が貼り付けてあった。

左から右へ店名と会社名がアイウエオ順に並び、その左隅に貼り付けてあった〈アンジェリーナ〉に目がとまった。早いもの勝ちなので、これと決めたら、その求人票をむしり取り、自分のポケットにねじ込んでいいことになっていた。本当はいけなかったのかもしれないが、皆、そうしていた。

〈アンジェリーナ〉の求人票には、「求む、皿洗い」と大きく記してあり、時給は他と比べて格段によかった。

〈アンジェリーナ〉のことはよく知っていた。伊勢佐木町の古いミュージックホールを改装してつくられたイタリアン・レストランで、本場仕込みの薄くてぱりっとした大きなピザが食べられると横浜では有名だった。ピザ以外にもいくつかメニューがあったが、店に来る客のほとんどがピザを注文していた。

染色会社に勤めていたとき、一度だけ食べに行ったことがある。

工場の女の子を誘ったのだが、一人は〈赤系統〉担当の子で、一人は〈緑系統〉担当の子だった。ちなみに私は〈青系統〉で、仕事柄、いつでも両手の先が青く染まっていた。私ほどではなかったが、彼女たちもそれぞれ赤と緑の手袋をしているみたいだった。

店の中は体育館のように広く、床は奇麗に磨かれていて、何度も見上げてしまうくらい天井が高かった。ピンクと白のチェックのシートが掛けられた丸テーブルが百は並んでいて、どのテーブルにも客がいて、ピザを食べていた。

私たちは丸テーブルの上に赤と緑と青の手を並べ、ピザが来るのをじっと待っていた。お金がなかったので、頼んだのはピザ一枚だけだった。

「もし、おいしくなかったら、勿体《もったい》ないから一枚でいいよ」

〈赤系統〉の子が私に遠慮してそう言った。その声がほとんど聞こえないくらい店の中のすべての人が延々と喋り、ピザを食べてはビールを飲んでいた。

私たちはビールを飲むお金もなかったので、水だけを飲んでピザを待っていた。

しばらくして、ものすごく大きな平たい皿に載ったピザがあらわれた。香ばしい湯気がテーブルの上に立ちのぼっている。

ピザの生地に指先の青や赤がにじむのを気にし、少しずつちぎるように食べた。それが生まれて初めて食べるピザだった。

「わりにおいしいね」

「でも、一枚で充分。こんなに大きいんだから」

〈赤系統〉の子が大げさに手をひろげて言った。たしかに大きかったが、評判どおり薄くて、あっという間に食べ終えてしまった。

食べ終えてしまうと、テーブルには白い大きな皿が残り、チーズやトマトソースや玉ねぎのかけらが、あちらこちらにこびり付いていた。

「あれを洗うわけか」

あのときの白い皿を頭に描き、「ボード」の求人票を無造作に引き剝がした。

なるべくブランクを置かずに新しい仕事を始めたかったのだ。

そのときはまだ私の手はほんのり青かった。

「この道十五年」という〈皿洗い長〉が、面接の際に私の手をじっと見つめ、

「君は手が青いからアオイ君。これからはそう呼びます」

それで合格だった。

「すぐに——ということなら、さっそく今日からやっていただきましょう」

その〈皿洗い長〉と名乗った人物は洗い場の監督のようで、後で知ったのだが、皿洗いのアルバイトを申し出た者は、誰もがこの人の面接を受ける決まりになっていた。というより、この人のOKが出なければ、誰ひとりとして——店長ですら——洗い場の皿には指一本触れることができなかった。

「この仕事はきついです」

〈皿洗い長〉は耳の穴に小指の先を入れてかきまわした。

「皆、すぐに辞めていきます。でも、なぜかしら求人票を出すと、すぐにまた来る。そしてまたすぐに辞める。すぐに来る。すぐに辞める。すぐ来る、すぐ辞める、すぐ来る、すぐ辞める。わたくしだけがずっといる。それで、〈皿洗い長〉」

不思議な話し方だった。抑揚のない一本調子で一気に話す。どこか外国人のようなおもむきがあり、鼻筋が通り、筆先のような濃い眉の下に何色とも言えない不思議な色をした瞳があった。ふたまわりくらい大きなサイズのハンチング帽をかぶり、染色工場の制服とよく似た白いつなぎを着ていた。

「では、洗い場へ行きましょう」

〈皿洗い長〉の命に従い、小さな事務室を出て細い廊下を歩いた。廊下は細いばかりか薄暗く、昼だというのに裸電球が灯っていた。

「ここは昔、踊り子さんが歩いた通路。楽屋からステージまで。裏の花道というやつ」

その名残りなのか、廊下の途中に大きな姿見があり、その先の突き当たりが洗い場になっていた。店の広さに比してその狭さは驚くべきで、天井もやけに低く、窓もひとつだけしかない。

まだ開店前で誰もいなかったが、すでに汚れた皿が山積みになっていた。

「これは昨日の残りです。今日は大変なことになるでしょう」

〈皿洗い長〉は他人ごとのようにそう言うと、口笛で「おおブレネリ」を吹いた。


夕方の開店までのあいだに、ひととおり手順を教わった。手順といっても、ただ皿を洗うだけだから、何ら難しいことはない。

まず、洗い場の脇にある細長いロッカー・ルームに入り、調理場のコックたちが着ているのと同じ白い仕事着に着替えて黒いゴム長靴を履いた。念のため、廊下の姿見に映してみたが満更でもない。仕事着の胸に〈アンジェリーナ〉と赤く刺繡《ししゅう》が入っているのが鏡の中でちらちら光っていた。

洗い場の真ん中には大きな流しが六つあり、三つずつ二列に並んでいた。二列のうち片側三つに〈洗剤あり〉の泡湯がためられ、片側三つに〈洗剤なし〉の透明な湯がためられていた。当然、汚れた皿はまず〈洗剤あり〉に入れて洗い、それから、〈洗剤なし〉

に移してなるべくすみやかにさっと洗う。この繰り返しだった。どちらも、すぐに油とトマトソースで濁り始めるので、随時、新しい湯を注入することになっていた。ところが、どう調節しても、蛇口から出る新しい湯が火傷《やけど》しそうな熱い湯だった。

「これが難点」

〈皿洗い長〉が口笛を止《や》めて言った。

「ボイラーに問題があって熱い湯が出ちゃう。これはもう水でうめるより仕方ないの」

流しには蛇口が二つ付いていて、なぜか、青いコックが〈湯〉で、赤いコックが〈水〉だった。

「それ、いつも直したいと思うけど、つい忘れちゃう。そのうち、皆、慣れちゃうし、まあ、どっちにしろ蛇口の使い方はわたくしが決定することでありますから」

この言葉の意味はあとになってより正しく分かるのだが、そのときは、

「青が湯で、赤が水」

と声に出して確認しただけだった。

仕事の開始は午後五時で、その時間にはアルバイトのメンバー全員が揃って流しの前に並んでいた。私の他に男が三人と女が一人。皆、若く、ひと目で学生と分かった。

「じつは、諸君」

〈皿洗い長〉が神妙な顔で言った。

「このたび、新しい〈皿洗い士〉を迎えることになりました。この人です、アオイ君」

私は軽く頭を下げた。

「柴田です。どうも」

四人は私の顔をろくに見ずに頭を下げた。

「では、アオイ君、あなたの先輩の〈皿洗い士〉をざっと紹介します。向かって右からいきましょう。まずは床屋の息子のバリカン君。次が肩幅の広いカタハバ君。その隣は、ちょっとばかりしかつめらしいシカツメ君。そして紅一点、歌姫ララ君。以上、四名。本日も全員揃って、なによりでした」

〈皿洗い長〉はそこで深々と一礼した。

「それでは、諸君！　本日も皿を洗ってください」

号令を受けて、すぐに全員が皿を洗い始めた。

私はとりあえず〈洗剤あり〉の担当にまわされたが、最初は（どうってことないな）と思っていた。意外にも皿は軽くて扱いやすく、基本的には、それをただひたすら洗うだけだった。洗い場に運ばれてくる前にウェイター室を経由し、そこで皿の上に残ったピザは一掃されていたので、匂いもそれほど気にならない。しいて言えば、ナイフやフォークにこびりついたチーズを落とすのが少しばかり面倒だった。

「柴田君だっけ？」

最初に話しかけてきたのは「肩幅の広い」彼だった。

「俺、石山ね。なんか分からないことあったら俺に訊いてよ。俺、いちおう、この中じゃいちばん長いんで。ま、長いって言っても、ほんの一週間だけど」

話しながらも彼は手を休めず、他の三人は黙々と皿を洗いつづけていた。

八時ごろに最初の「山」がきた。

ステンレス製の大きな台車みたいなものに、皿とナイフとフォークとコップが文字どおり山のように載せられていた。台車を引いてきたのは店の制服を着た女の子で、「お願いします」と言って足早に去っていった。

私はあらためて自分があの〈アンジェリーナ〉の洗い場で皿洗いをしていることを実感した。洗い場は天井も低くて狭くて暗かったが、壁一枚向こうにはあの広々としたフロアがあり、丸テーブルが並んで、客がのべつまくなしにおしゃべりしながらピザを食べているはずだ。

その想像にぼんやりしていたら、私の隣にいた「床屋の息子」が、私の脇腹をつついた。しばらく姿が見えなかった〈皿洗い長〉がどこからともなくあらわれ、流しの中と台車の中を見比べ、

「ではっ」

と声を張り上げた。

「では、諸君、参りましょう。準備はよろしいですか？　いきますよ。まずはカタハバ君、〈洗剤あり〉で四枚から。ララ君も〈洗剤あり〉で四枚。アオイ君とバリカン君は現在進行中の六枚を〈洗剤なし〉に移して素早く。かなり素早くいきましょう」

〈皿洗い長〉は「山」が来るとそうして流しの脇に立ち、手早く作業の進行を仕切っていくのが主な仕事のようだった。〈皿洗い長〉自身が皿を洗うことはなく、誰もが彼の言葉に反応して、てきぱきと動きまわった。まるでスポーツのようだった。

「アオイ君、そこで一旦、湯を抜いて、新たに青六、赤四で注水。一気にじゃあっと」

青六、赤四というのは、二つの蛇口のひねり具合だった。ある程度は勘だが、およそ言われたとおりにひねると、ちょうどいい感じのぬるま湯になる。その割合は、皿の枚数や、そのときの流しの様子で微妙に変わっていった。

「よし、バリカン君。そこで青、赤ともに五で注水。わりにすぐ止めて三枚を一気にいこう。ララ君はいまの五枚を〈洗剤なし〉に移して次の三枚。そのあと〈洗剤あり〉に戻って、忘れずに洗剤を注入。あぶくの飛びに気をつけながら、ダブルスポンジ洗いで四枚いきましょう」

あとになって知ったことだが、〈皿洗い長〉にはいくつか伝説めいたものがあった。たとえば、店がまだミュージックホールであったときに舞台の司会を務めていたとか、若いときは大きな客船の厨房《ちゅうぼう》を渡り歩く流れ者の〈皿洗い士〉だったとか。

たしかに〈皿洗い長〉は仕事のツボを押さえていて、特に湯の温度に関する指示は完璧だった。

「皿洗いはぬるま湯の加減で決まる」というのが〈皿洗い長〉の哲学で、その正しさは、ほんの三十分であれ、的確な「ぬるま湯」で皿洗いをやってみればすぐに分かった。

途中で一度、休憩があった。

何人かは隅に並んだ歪んだ椅子に腰をおろし、何人かは裏口のドアをあけて裏庭に出た。裏庭といっても草木が繁っているわけではない。雑草の向こうに錆びついた大きな焼却炉があるだけの殺風景なものだった。

床屋の息子がいつのまにか私の隣にいて、「柴田君は皿洗い初めて?」と訊いてきた。

「そう、初めて」と答えると、「本当に? それにしては手際がいいよね」と感心したように言った。

彼は自分の名前は杉村で、バリカンというあだ名がついたのは、「このせいだよ」と奇麗に刈り上げられた襟足《えりあし》を見せてくれた。真面目そうな男で、どことなく品があった。

「君は？　君はどうしてアオイ君になったの？」

私は彼に青く染まった手を見せて工場の話をした。

「へぇ。じゃあ、働いていたんだ」

「そう。大学には行かなかったから」

「大学なんて行っても仕方ないよ、いや、本当に」

「まったく、そうだね」とシカツメ君が話に加わった。「手に職を持つのが一番だよ」

彼の名は立石といった。

「シカツメってあだ名は嫌いだから、立石って呼んでくれ」

しかつめらしい顔でそう言った。

そこへ音楽が聴こえ、ララと呼ばれた彼女がロッカーからカセット・テープ・レコーダーを抱えてきた。彼女は洗い場に音楽を流していた。聴いたことのない英語の歌ばかりで、それが「歌姫」と呼ばれる所以《ゆえん》なのか、音楽に合わせて、ときどき「ラララ」とハミングしていた。小柄な体に似合わず、声量があっていい声だった。

その日は「山」が、八時、九時、十一時、一時の四回あった。特に閉店三十分後の一時の「山」は凄まじく、最後の最後がもっとも忙しくなるのが、この仕事のきついところだと最後の最後に知った。

終了は午前三時。

最後の一枚を洗い終えると、〈皿洗い長〉が

「これにて、本日の皿洗いはすべて終了です。ご苦労さまでした」

と言って、また一礼した。

着替えて外に出ると雨で、私はアパートまで濡れながら帰った。右手の指の先に熱のこもった痛みがあり、じんじんと脈打ってなかなか眠れなかった。

2

毎日、午後五時ちょうどに〈皿洗い長〉はあらわれ、

「それでは、諸君！　本日も皿を洗ってください」

と一礼した。われわれ五人も毎日休むことなく皿を洗いつづけ、私はなるべく指に負担のかからない洗い方を自然と習得した。

正確には分からないが、洗うべき皿の総数は、毎日、ほとんど同じだった。店は常に盛況で、ひとつのテーブルに六人は座れたから、大勢で来て、三、四枚注文するのが常だった。テーブルは全部で百二十二卓あり、それが四十五分くらいのサイクルで動いていく。ざっと見積もっても一時間に五百枚くらいの皿が洗い場になだれ込んでくる計算で、少しでもペースが落ちると、あっという間に数が膨れ上がり、ひとりひとりが十分間で四十枚の皿を消化しなければならないこともあった。これに、例の湯と水の配合の問題が重なってくるのだから、たしかに〈皿洗い長〉のような人がいなければ、たちまちパニックに陥る。

最初は誰もがただ黙々と洗いつづけていたが、日を追うごとに気ごころも知れ、余裕があるときは、皿を洗いながら、最近読んだ本の話や新しい映画や音楽の話をするようになった。不思議と誰ひとり政治や思想のことを話さなかった。

「ぬるま湯に両手を突っ込んでるのに、あんまりそういう話もな」

石山カタハバが面倒くさそうにそう言った。

「そういうこと考え出すと、皿を洗ってるんじゃなくて、何かもっと別の汚れを落としてるような気になってくる」

立石シカツメがもっともらしいことを言うと、

「どっちにしろ、人生は洗いものの連続よ」

ララがあっさりそう言った。

ララの本名は岩崎茜といって、「出身は神戸なの」と教えてくれた。

「実家《うち》は輸出向けのチョコレートを作っていて、だから、子供のときからずっとチョコレートを食べて育ったの。うんざりするくらい。やっと家を出て解放された」

彼女はいつも明るく、すぐに皆の人気者になった。チャーミングな顔にそばかすと眼鏡がよく似合っている。もちろん、男ばかりの中に女の子が一人だったから、皆に好かれて当然だったかもしれない。でも、それを差し引いても彼女の存在は大きかった。彼女を中心に洗い場がまわっていたと言ってもいい。

「なるほど――人生は洗いものの連続か」

石山が大きな肩を揺らして言った。

「でも、俺たち、こんなに毎日毎日、ものすごい数の皿を洗ってるんだぜ。この先、一人前になってカミさんをもらっても、やっぱり皿洗いをするのかね」

「そんなの当り前じゃない」

ララが怒ったように言った。

「男だったら、『よし、人生は洗いものの連続だ』って、もっと前向きに考えなさいよ。奥さんに押しつけないで、自分で汚した皿は自分で洗いなさい」

男たちはララの迫力に小さくなり、誰もが――つまり私も含め――小さな声で、

「人生は洗いものの連続か」

と呟いた。

そうしてひと月が過ぎたある日、いつもより早めに店に入ったら、廊下の途中でララが姿見を覗き込んでいた。

化粧でも気にしているのかと思ったら、目尻に涙がたまっている。

「あれ？　もしかして、泣いてる？」

「見れば分かるでしょ」

鏡ごしに睨《にら》まれた。鼻声で、あきらかに泣いている。

「何かあった――よね？」

「あったわよ」

涙がとまらないようだった。

「何？」

「知らないの？　ポールがビートルズを脱退したのよ」

「え？」

「いくら音楽に疎《うと》い柴田君でも、ビートルズのポール・マッカートニーは知ってるでしょう？　彼、ビートルズを脱退したの。今日、新聞に出てた。これでもう解散よ」

そう言ってララはまた泣いた。たしかに音楽に疎い私でも、ビートルズが四人組で、その中の一人にポールというメンバーがいることくらいは知っていた。

「でもさ、ビートルズの解散が悲しいなら、なんで鏡を見ながら泣くんだ？」

ララは鼻を突き上げるようにして鏡を睨み、

「女の子は鏡を見ながら大人になってゆくのよ」

と言った。

「ふうん」

「どうして鏡というものが発明されたのか、男の子たちはもっと考えるべきよ。考えたこともないでしょう？　大体、鏡なんて見ないでしょう？」

考えたこともないし、大体、鏡なんて見なかった。

「鏡は一人で見るものなの。だから悪いけど、一人にさせといて」

鏡は一人で見るもの——。

私はララの言うことを胸の内に繰り返し、言われたとおり彼女を一人にした。

休憩時間にララはビートルズの新曲——おそらく最後の新曲——を繰り返しカセットで聴いていた。ララが聴く以上、男たち四人も聴かざるを得ない。男たちは裏庭に出て煙草を吸い、庭の雑草が風に揺れるのを見ながらその曲を聴いた。

あとで、その曲が「レット・イット・ビー」というタイトルであることをララから教わった。ビートルズが解散し、世界中の誰もが彼らのことを忘れてしまっても、私だけはこの曲を忘れないと思った。

実際には、世界中の多くの人々が彼らのこともこの曲も忘れはしなかったのだが——。

3

その黒猫があらわれたのは春の終わりのやさしい雨が降る夜だった。

「あれ？　猫がきたよ」

バリカンの声に皆が庭を覗くと、草むらの真ん中で小さな黒猫が何か口にくわえて、じっとこちらを窺っていた。「よしよし」とバリカンが雨の中に出ていくと、猫は彼の足にすり寄り、彼に渡すかのように口の中のものを草むらに落とした。バリカンがそれを拾い上げ、猫の頭を撫でようとすると、いきなり猫は身をひるがえし、草むらを走り去る音を残して闇の奥に消えてしまった。

「なんだろう、これ?」

バリカンが拾い上げたものを洗い場の蛍光灯の下で見ると、それは小さなマッチで、表に横文字で〈CAFE BOLERO〉とあり、その上に猫の絵が描かれていた。

「どこの店だろう? 誰か知ってる?」

バリカンが皆に訊いたが、皆、「知らない」と首を振った。

「横浜にあるのかしら?」

「聞いたことないけど」

「新しい店かもね」

結局、〈カフェ・ボレロ〉のことは何も分からなかったが、猫は次の日もまた庭にあらわれ、バリカンが相手をすると、そばに寄ってきて小さく鳴いていた。

「たぶん、腹をすかしてるんだよ」

石山がウェイター室まで走り、残りもののピザをひとつかみもらってきた。

「俺が食うんじゃないぜって言い含めてきたけど、どうも信じてないな」

それを洗いたての皿に載せ、庭の隅に置いて出したが、猫は匂いだけを嗅《か》いで口にしなかった。

「贅沢《ぜいたく》な奴だな」

「きっと〈カフェ・ボレロ〉とかいう店で、おいしいものをもらってるのよ」

「じゃあ、こいつ、そこの飼い猫なのかな？」

「そうよ、きっと。この赤い首輪、ちょっとフランス風だもの」

それで、その黒猫は次の日から皆に「ボレロ」と呼ばれることになった。

ほぼ毎日決まって夜の遅い時刻にあらわれ、小一時間ばかり庭にいて、どこかへ帰っていく。なぜ、われわれのところに来るのか分からなかったが、皿を洗っている最中に庭でボレロの声がすると、誰かが手を止めて覗きに行った。

私はもともと猫が好きな方ではない。でも、暗い庭の片隅でボレロの黒くて小さな頭を撫でていると、ただひたすら無心になれた。私に限らず、皆、休憩時間になるとボレロがやって来るのを庭に出て待つようになった。

その夏の間中、晴れの日も雨の日もボレロは毎日かならずやってきた。

だから、われわれも、「そろそろ辞めてもよかった」皿洗いを、いましばらくつづけることになったのだと思う。

「さて、諸君」

じきに夏も終わろうかという頃、流しの前に並んだ〈皿洗い士〉を眺めながら、〈皿洗い長〉がしみじみと話し始めた。

「わたくしは驚いております。諸君ら五人が皿を洗い始めて、もはや半年が経ちました。これは記録です。すごい記録です。快挙というやつです。ですから、出来ることなら、このまま記録を伸ばしてください。わたくしはそれを切に望みます」

一同、仕方なく小さくうなずいた。

「というわけで諸君！　本日も皿を洗ってください」

その日は、一体、店で何が起きているのかというほど「山」がつづき、どれほど必死になってスピードをあげても崩れることがなかった。

「なんとかしてくれ」

「店の皿が足りなくなる」

「誰かヤツらの食欲をとめてくれ」

洗っても洗っても、「山」を越えることができず、休憩をとる時間も食事をする時間もないまま、ついにボレロの相手をすることもできなかった。

大抵いつも、午前三時にはすべて終了していたのだが、その日はその時間になってもまだ大きな「山」が残されていた。そんなことは初めてだった。

結局、最後の一枚を洗い終えたのは午前五時で、

「諸君、このたびは大変ご苦労さまでありました。しかし、われわれは十二時間後に再び集結しなければなりません。嗚呼、人生――などと嘆くことなく、どうか」

〈皿洗い長〉の一礼にも力がなかった。

皆、あくびを嚙みころすばかりで言葉もない。

誰かが、「嗚呼、人生——」と言いかけたが、言葉は宙に取り残された。残りかすの力で着替えを済ませ、「じゃあ」と帰りかけようとしたとき、ふと、石山が「屋上にのぼったことあるか?」と皆を呼びとめた。

「屋上?」

屋上があること自体、知らなかった。毎日、裏玄関から入って裏玄関から出て行くだけなので、屋上はもちろん、二階にも三階にも行ったことがなかった。

「ちょっと行ってみないか? 前にのぼったことがあるんだけど、なかなかいいんだ」

どっちでもよかったが、なんとなく石山が皆を連れて行きたがっているようなので、

「じゃあ、行ってみるか」

とぞろぞろ後をついて行った。

屋上は風通しがよかった。のぼったばかりの太陽が青い空気の中に赤くぼやけ、それが見る間に鮮やかな光の束

になって開かれていく。

「屋上にだけ秋の風が吹いているみたい」

ララがまぶしそうに目を細め、おろしていた髪を帽子の中に丸めて入れた。

大して高いところにある屋上ではなかったが、それでもそこから街が見おろせた。街のことはなんでもよく知っているつもりだったのに、そこから見える屋根や屋上は見たことがなかった。

皆、それぞれに街を見おろしたり、空を見上げたりしていた。

4

記録のことなどどうでもよかったが、私たちは依然として皿洗いを辞めなかった。

「ララがいるから?」

突然、バリカンにそう言われたことがある。

「違うよ」

私は少し動揺していたかもしれない。

「この仕事は奥が深いし――それに、ボレロが来るし――バリカンこそ、ララがいるから辞めないんだろう？」

「違うよ。僕だって、ボレロが可愛いからだよ」

でもたぶん、二人ともララがいたから皿洗いをつづけていたのだと思う。二人だけではない。石山もシカツメもそうだったかもしれない。

だから、ついにララが「私、もう辞めたい」と言い出したとき、男たち四人は一斉に口をつぐんで手をとめていた。

それは「山」をひとつ越え、皆がひと息ついて雑談を始めたときだった。

ララは男たちが両手をぬるま湯に浸したまま動かないのを見て、

「冗談よ冗談。辞めないよ」

無理に笑ってみせた。男たちはしばらくぬるま湯をかきまわし、そのうち皿を洗い出したが、皆、黙ったままだった。私はなるべくバリカンの方を見ないようにし、たぶんバリカンも私の顔を見ないようにしていた。

それが十一月の初めで、ララはそれきりもう「辞めたい」と言い出すことはなかった。

ところが、その月の終わりになったころ、ボレロの姿を見なくなった。

「どうしたんだ？」

「風邪でもひいたか？」

裏庭には針のような雨が降っていて、それが何日もつづいていた。

「夏は雨の日でも平気で来てたのにな」

「もう俺たちに飽きたんだろう」

「そうだな。いつ遊びにきても皿を洗ってるだけだし」

「そんなのしょうがないよ、仕事なんだから」

「猫には分からないわよ、仕事のことなんて」

皆で暗い庭を見ていた。

「そう——仕事って言えば、就職のことだけど、皆はどう考えてる？」

ララは庭を見るのをやめ、洗い場に戻ってカセット・テープを回した。

「もう決めてる人はいる？」

「俺は」と石山が答えた。「俺はもうじき卒業なんで、じつは決まってる」

皆が石山を見た。

「いや、小さな会社。香辛料を扱ってるんだけど」

「そうなんだ」

他の二人は歯切れが悪かった。

「仕事はまだこれからゆっくり考えて」

「もう一年、大学に通ってみてからね」

私は口を閉ざし、染色会社に勤めていたときのことを思い出していた。先のことなど見当もつかない——。

それ以上、誰も話さず、ララが流している歌だけが洗い場に響いていた。

「この曲、いい曲でしょう？　私、ビートルズが好きだったけど、いまはこの曲に夢中」

ララは曲に合わせて歌ってみせた。いつもの「ラララ」ではなかった。

「いい曲だね」とバリカンが目を閉じた。

「誰のなんという曲？」と私はララに訊いた。

「ニール・ヤングの『オンリー・ラヴ・キャン・ブレイク・ユア・ハート』」

「え？　長くて覚えられないな」

私の隣でバリカンが「オンリー・ラヴ・キャン――」と呟いている。たぶん、バリカンは間違いなく覚えただろう。

私は雨の降る裏庭を眺め、「ボレロ」と呼んで耳を澄ました。

皆が私の方を見ていた。私は黙って首を横に振った。


そして、とうとう十二月の初めにララが過労で倒れてしまった。

入院して点滴を受け、

「しばらく安静が必要です」

と〈皿洗い長〉が残念そうに報告してくれた。

洗い場に残された男たちは何も言わずに皿を洗いつづけたが、（もう充分に皿を洗った）と誰もが思い定めているようだった。

たしかに人生は洗いものの連続かもしれないが、洗ってばかりいても仕方がない。いつかは皿に盛り付けをし、卑しく皿を汚して腹を充たさなくてはならない。

私はふと自分の両手を眺めた。

ひさしぶりに見る自分の手はうっすらと油が染み、ささくれだって湿り気を帯びていた。どう見ても皿洗いの手だ。どれだけ目を凝らしても、そこにはもうあの「青」は見つからなかった。

だから、私はもうアオイ君ではない。

いまさらながら、私は鏡の前で泣いていたララに言いたかった。

「男の子というのは、自分の手のひらを眺めながら大人になっていくんだ」と。

でも――、

「男の子はみんな、大人になんてなりたくないくせに」とララならそう言うだろう。それに、どう言い返したらいいか――すぐには思いつかなかった。

そもそも、どうして鏡は発明されたのだろう?

まずは、それを考えなければならない。

いずれにしても、私はもうララと会うことはなかった。

＊

それから私はいくつかのアルバイトを経て東京に移り住み、思いがけずイラストの仕事をするようになった。

子供のころから絵を描くのが好きだったのだが、それが仕事になるとは思っていなかった。ところが、たまたま目にした「イラスト募集」の告知に魅かれ、応募したものが認められて仕事につながった。

まったく、人生は洗いものの連続だ。

洗いなおされた白い皿にちょっとした偶然のいたずらが載せられることもある——。

イラストの仕事が安定してきたころ、仕事場の周辺を散歩していたら、路地を曲がった先に〈CAFE BOLERO〉という看板が見えた。最初は見間違いかと思ったが、何度見ても〈CAFE BOLERO〉とある。

「まさか、こんなところに」

ドアを押して中に入ると、まだ木の香りが残る、見るからに新しい店だった。

(いや、これは違うな)

小さく首を振ったが、

「いらっしゃいませ」

と迎えてくれた声になんとなく覚えがあり、店主らしき男性の顔をよく見ると、なんと、あのバリカンだった。

「柴田君?」

バリカンもすぐに私に気づき、なぜか照れくさいような、おかしな気分になった。

十年ぶりだった。でも、何ひとつ変わっていない。バリカンはバリカンのままだった。

「まだ開店したばかりで——でも、この十年、ずいぶん勉強したよ」

バリカンは自慢のエスプレッソをいれてくれた。

「じつは、あのときのあのマッチをずっと大切に持っていて、あのあと、〈CAFE BOLERO〉がどこにあるのか、ずいぶん探してみたんだよ。でも、見つからなくて。ただ、そうして喫茶店をまわっているうち、この仕事に魅かれてね。それでまた皿洗いに戻ってお金を貯めたんだよ。で、やっと、本当についこのあいだ、この店を開くことができたんだけど——あのときの〈CAFE BOLERO〉という店がね、結局、どこにも存在しないなら、自分がその店をやってもいいんだって思いついたんだよ」

彼がそこまで「ボレロ」にこだわっていたとは思わなかった。

「でね、マッチも——ほら、あのときボレロが置いていったあのマッチ、あれをデザイナーに頼んで忠実に再現してもらった」

そう言って彼が見せてくれたのは、たしかにあの洗い場の蛍光灯の下で見たマッチとそっくり同じものだった。

「これだけじゃなく、まだあって——」

バリカンはカウンターの奥に並んだ棚を探り、レコードを一枚選んで取り出してきた。

ジャケットから大切そうに盤を引き出し、店の隅に置かれたターンテーブルの上に載せると、「A面の三曲目」と呟きながら針を落とした。

すると、あのときララが「いい曲でしょう」と皆に聴かせた曲——覚えにくい長いタイトルのあの曲が店の中に流れ出した。

「雨が降ると聴きたくなる」

バリカンは声をひそめてそう言った。

「ララのことを思い出して？」

と私も声をひそめて訊いてみた。

「いや違うよ、ボレロのことを思い出して——」

バリカンはやはりこの曲を覚えていた。

ニール・ヤングの「オンリー・ラヴ・キャン・ブレイク・ユア・ハート」。

音楽に疎い私だったが、この曲ばかりは忘れることができない。

私もまた、雨が降るたび、この曲を聴いてきたからである。

チョコレエトをかじりながら書いた あとがき

母のつくったチョコレート・ロールケーキは、〈カフェ・ボレロ〉のマスターに合格点をいただきました。

この「合格」というのは、母のつくったケーキがお店のメニューに載るという意味です。母はもう素人ケーキ職人ではなくなり、ほとんどプロのケーキ職人になったのです。あとはさらに腕を磨くのみです。

母は「カフェを開きたい」という若いころの夢に少し近づいたのかもしれません。

時間があると東へ西へカフェの探索に出かけています。そのうち、わが家はカフェになり、わたしは「カフェの娘」になってしまうかもしれません。それは嬉しいような、なんだか面白くないような複雑な気持ちです。自分の家がカフェになってしまったら、カフェへ出かける愉しみが半減してしまうような気がするからです。

いずれにしても、未来はどうなるか分かりません。

円田さんは小説を書きつづけています。あんなに夢中になっていた「鏡の国のスパイ小説」はすっかり忘れ、なにひとつ事件が起きない小説を書いているようです。内容はまだ秘密で、どんなお話になっているのか、わたしは知りません。

鏡の国の冒険というのが、なかなか面白そうだったので、円田さんが書かないなら、わたしが書いてみようかな、と思っています。それで、参考までに円田さんから『鏡の国のアリス』を借りて読んでみました。

冒頭の一文に驚きました。

こんな感じです――。

――ひとつだけたしかなのは、白い子猫はなんにも関係ないってことだ。なにもかも黒い子猫のせいだったんだよ。――

（『鏡の国のアリス』ルイス・キャロル・著／矢川澄子・訳）

この黒猫はキティという名前で、アリスはキティにお話をしているうちに鏡の国に紛れ込んで冒険が始まるという始まりでした。

それなら、わが〈ミルリトン探偵局〉のいたずら子猫・シンク君をキティに見立て、午前0時の鏡の前でおしゃべりしているうちに、わたしも「あちら側」へ行けるかもしれません。

そう、シンクといえば、あのやさしい雨が降る日に、〈カフェ・ボレロ〉のマッチをくわえてどこかへ消えてしまいましたが、円田さんによると、翌日、びしょ濡れになって帰ってきたそうです。でも、肝心のマッチはどこかへ置いてきてしまったようで、せっかくマスターにいただいたおみやげだったのに、一体、どこへ置いてきたのでしょう。

もうひとつ――。

謎の〈1001チョコレート〉ですが、円田さんが神戸の工場に連絡をして、特別にひと箱、送ってもらったのです。いま、わたしはそのチョコレートをかじりながらこれを書いています。製造元・神戸・岩崎製菓〈アラビアン・ナイト・チョコレエト〉と箱の裏に記してあり、戦前からチョコレート――いえ、「チョコレエト」をつくってきた会社だそうです。

円田さんは小説家に転身したいと言っていますが、この神戸・岩崎製菓のように、代々受け継がれてきた仕事を丁寧に守りつづけているのは大切なことです。

わたしはどんな大人になって、どんな仕事をするのか――。

そして、〈ミルリトン探偵局〉は、これからどうなっていくのでしょう。

それはたぶん、シンク次第です。

「ひとつだけたしかなのは、なにもかも黒い子猫のせい」なのですから。

あ、チョコレエトの味について書くのを忘れていました。

そうですね――わたしには少し苦いかもしれません。

これは大人のチョコレエトでした。

解説

吉田篤弘

本作は、「ミルリトン探偵局」シリーズの二作目になります。一作目は『夜に猫が身をひそめるところ』というタイトルで刊行されていて、そちらの解説に、吉田音《おん》のことや、このシリーズがどのようにして成り立ったかを書きました。

大まかにまとめますと――このシリーズは僕が小説家としてデビューする前に、吉田音というペンネームで著した幻のデビュー作であること。ペンネームのみならず、自分の娘であることを含めて創作であったこと。つまり、吉田音は架空の娘にして架空の著者なのですが、いまだに「音ちゃんはどうしていますか?」と気にかけてくださる読者の皆さまがいらっしゃるということ。そうした声をよりどころにして、この二冊をリイシューする機会をいただいたこと――を一作目の解説に詳しく書きました。

その一作目においては、黒猫のシンクが夜ごと散歩に出かけては、なにかしら「おみやげ」を持ち帰ってきて、その謎めいた品々の背景を音と円田《つぶらだ》が推理したあと、推理への解答となる短篇小説が挿入されるという構成になっていました。

本作もまた、音の日常が描かれるパートと、黒猫（シンクもしくはボレロ）が出向いたところで展開する物語が交互に配されています。ただし、一作目と違うのは、黒猫があちらの世界からおみやげを運んでくるだけではなく、こちらにあるもの——たとえばピンポン球——をあちらの世界へ運んでいったりします。そうすることで、「こちら」と「あちら」が互いに作用し、それはときに、シンメトリーを出入口とした鏡の国との往還に連鎖し、シナモンやレコードやチョコレートといったものを通して、過去と現在がつながったりします。

この作品を書いてから、二十五年が経とうとしているのですが、そのため、僕自身がこの物語に仕掛けた細部のあれこれを忘れかけていて、今回のリライト作業で、「ああ、そうだったか」と発見した箇所がいくつかありました。

一例を挙げると、「奏者II　予期せぬ出来事」に登場するオーケストラの面々が、平間、岡本、二宮、本田といった、縦書きで表記するとシンメトリーになる名前であることなど、すっかり忘れていました。

また、たびたび横浜が登場するのは、吉田音ではなく吉田篤弘のデビュー作を準備していたことと関係しています。その作品――『フィンガーボウルの話のつづき』は、横浜の下町を舞台にプロローグが起こされていて、取材と称して足繁く横浜に通っていました。そうした最中に、テキストを書いて、編集もして、レイアウトから装幀まで、本づくりの一切を、きっかり一ヵ月でこなしたのが本書です。

誰かに「一ヵ月でつくりなさい」と命じられた訳ではありません。

「はたして、一ヵ月で本をつくることは可能か？」

と思い立ち、自分で自分に課したその宿題に挑戦してみたかったのです。

音楽で言えば、ライブ盤をつくる心意気で、決められた期間内に決められた場所で思い浮かんだ言葉やイメージを、即興的に一冊の本に封じ込めました。

言うなれば、本による「ライブ・イン・横浜」です。

これは、前著『夜に猫が身をひそめるところ』で、すでに設定やキャラクターが出来上がっていたから可能となったことで、あとにもさきにも、まるまる一冊を一ヵ月でつくり上げたのは、この本だけです。

ただし、一ヵ月でつくったことは公にせず、当然ながら、一ヵ月でつくったとは思えないような仕上がりを目指しました。

この、いささか無謀とも言える鍛錬を経て、吉田篤弘名義による本当のデビュー作を書いたのですが、吉田音の方はこの二冊を上梓したあと、どのような経緯を辿ったかと言いますと、じつは、シリーズの三作目を準備していました。タイトルは、『エデン』もしくは『オセロ』と決めていて、内容もおよそ決まっていたのです。高校生になった音が恋愛を意識し始め、「男と女」や「大人と子供」や「白と黒」

といったテーマに思い悩むというものでした。

しかし、吉田篤弘としてのデビュー作を書くことに追われ、なかなか書き出せないいまま、いたずらに時間が過ぎてしまいました。ちなみに、その三作目には、「オセロ」という名の、見る角度によって白猫にも黒猫にも見える猫を登場させたかったのですが、これは、そののち、吉田篤弘の『つむじ風食堂の夜』に登場しました。

音ちゃんが吉田篤弘の小説に再登場したのは、『圏外へ』(二〇〇九年)という長篇小説――かなり長くてスケールの大きな小説です――においてで、そこでは父親の側から見た音が描かれ、このシリーズ同様、小説の中で起きる事象について、円田と討論しながら独自な推理を展開しています。そういう意味では、『圏外へ』は、「ミルリトン探偵局」シリーズの壮大な番外篇と言ってもいいかもしれません。

小説家は自分の作品世界の内部を覗き込むようにして書くことがあ

るのですが、そのようにして書かれた作品世界の側から、書いている作者の方が覗かれている——というのが、『圏外へ』の根底にある趣旨でした。そのアイディアは本作の執筆時に着想を得たもので、語られたもの（すなわち登場人物）が、語るもの（作者）を翻弄することがあるんじゃないか、と本作を書きながら実感したのです。

『圏外へ』は、とあるPR誌に連載したものでしたが、連載を終えたあと、担当編集者から「次はひさしぶりに吉田音名義で連載をしてみませんか」とご提案いただきました。なるほど、「語られたもの」が「語るもの」に転じる小説を書いたわけですから、それは道理だと膝を打ち、じつに久しぶりに吉田音としての三作目を連載しました。

これは前述した『エデン』もしくは『オセロ』とはまったくの別物で、高校生になった音の話ではありません。現実の時間軸に則って書こうと決め、その連載が始まったのは二〇一三年でしたから、本作を書いてからじつに十四年が経過していました。したがって、十三歳だった音は二十七歳になっていて、どう考えても、「少女」ではなくなった彼女が、「なかなか書けなかった三作目」を少女への訣別として「書いてみよう」と思い立つところから物語が始まります。

連載はどうにか最終回まで完走できたのですが、書き上げたものにもうひとつ納得がいかず、単行本化されることなく現在まで保留となっています。

今回、思いがけずシリーズ二冊を復刊する機会をいただき、「吉田音」といま一度じっくり向き合うことができました。願わくば、この保留となった三作目も全面的に書きなおし、あらためて世に問いたいとひそかに企んでいます。刊行までには少しばかり時間がかかるかと思いますが、本書を一ヵ月でつくりあげたことを思えば、なんのその。なにしろ、著者は僕ではなく吉田音であり、彼女さえその気になれば、そう遠くない未来に実現することでしょう。

先に書いたとおり、「音ちゃんはどうしていますか？」という質問をしばしばいただいています。いまのところ、彼女自身が書いた本は二冊しかないのですが、吉田篤弘が書いたいくつかの小説の中に姿かたちを変えて登場していたりします。「登場」というより「出演」と言った方がいいかもしれません。

僕は自分が書いた登場人物たちを、作品を超えて描くことが多々あります。『圏外へ』に登場した音と円田は名前も姿かたちもそのままでした。『針がとぶ』（二〇〇三年）に収録されている「月と6月と観覧車」では、バリカンが活躍しています。しかし、名前を変えたり、年齢や様相を変えてあらわれることもよくあります。この現象を、「魂が同じ人」と説明しているのですが、一見、違う人物に見えても、じつは魂が同じであるという意味です。あるいは、別の人物を同じ役者が同じモードで演じていると捉えてもいいかもしれません。

たとえば、『ソラシド』（二〇一五年）という作品には、主人公の義妹である「オー」という女の子が登場します。彼女はその呼び名の響きに象徴されるとおり、音と魂を共にしている人物と思われ、中学生だった音が大人になり、本書と同じように、「未知の音楽」と「未知の物語」に目覚めていく様が描かれています。

もうひとつ、『百鼠』(二〇〇五年)という短篇集に収録された「到来」という作品があり、主人公の母親が小説家なのですが、その初老の小説家こそ、吉田音の未来の姿ではないかと僕は思っています。われらが音ちゃんは小説を書きつづけ、娘を産んで母親になるのです。そのような未来がいつか「到来」すると予感しながら、この小さなお話を書きました。その予感からずいぶんと時が流れ、いまこうして吉田音が再生されたことは、あらかじめ決められていた未来だったのではないかと感じています。

人は皆、少なからず過去の出来事や思いに動かされているものですが、同じように未来の何ごとかによって、「いま」が決まっていくように思います。その不思議にして当り前なことを、吉田音はこの作品を通じて、未来に──つまり、二十五年後の「いま」へ、一匹の黒猫に託して送り込んできたのです。

この黒猫の影を敏感に察知し、「いまこそ、世に送り直しましょう」と背中を押してくださったのは中央公論新社の香西章子さんです。彼女のお名前もほとんどシンメトリーで、こちらとあちらを自在に行き来する柔軟かつ適切な導きによって、このシリーズ二冊の復刊を叶えてくださいました。この場を借りまして、感謝申し上げます。ありがとうございました。

そして、読者の皆さま、最後までお読みいただきありがとうございました。また、すぐそこの未来でお会いしましょう。かならず。

二〇二五年　一月　　いまはもういない、すべての猫たちに

吉田篤弘

単行本『Bolero　世界でいちばん幸せな屋上』
（二〇〇〇年六月　筑摩書房）
文庫『世界でいちばん幸せな屋上 Bolero ミルリトン探偵局シリーズ2』
（二〇〇六年一二月　ちくま文庫）
＊本書の刊行にあたり、全面改稿し、
イラストを描き下ろして再編集し、新たに解説を付しました。

中公文庫

世界《せかい》でいちばん幸《しあわ》せな屋上《おくじょう》

――ミルリトン探偵局《たんていきょく》

2025年 2 月25日　初版発行

著 者　吉 田《よしだ》 音《おん》

絵　吉 田《よしだ》 篤 弘《あつひろ》

発行者　安 部 順 一

発行所　中央公論新社

〒100-8152　東京都千代田区大手町1-7-1

電話　販売 03-5299-1730　編集 03-5299-1890

URL https://www.chuko.co.jp/

DTP　平面惑星

印 刷　二晃印刷

製 本　小泉製本

Published by CHUOKORON-SHINSHA, INC.

Printed in Japan　ISBN978-4-12-207624-2 C1193

定価はカバーに表示してあります。落丁本・乱丁本はお手数ですが小社販売部宛お送り下さい。送料小社負担にてお取り替えいたします。

各書目の下段の数字はISBNコードです。978－4－12が省略してあります。

中公文庫既刊より

よ-39-11
夜に猫が身をひそめるところ ミルリトン探偵局
吉田音
吉田篤弘 絵
猫が持ち帰る品々から、どこかで起きた出来事を推理するミルリトン探偵局。全面改稿に加え、描き下ろしイラストと新規解説を付す吉田篤弘幻のデビュー作。
207611-2

よ-39-1
それからはスープのことばかり考えて暮らした
吉田篤弘
路面電車が走る町に越して来た青年が出会う、愛すべき人々。いくつもの人生がとけあった「名前のないスープ」をめぐる、ささやかであたたかい物語。
205198-0

よ-39-8
ソラシド
吉田篤弘
幻のレコード、行方不明のダブルベース。「冬の音楽」を奏でるデュオ〈ソラシド〉。失われた音楽を探し、もつれあう記憶と心をときほぐす、兄と妹の物語。
207119-3

よ-39-9
天使も怪物も眠る夜
吉田篤弘
二〇九五年、〈壁〉によって東西に分断された東京では、誰もが不眠に悩まされていた。睡眠薬開発を巡る攻防は、やがて「眠り姫」の謎にたどり着く……。
207288-6

よ-39-10
なにごともなく、晴天。
吉田篤弘
鉄道の高架下商店街〈晴天通り〉で働く美子の前に、コーヒーと銭湯が好きな探偵が現れる。話を聞いた町の人たちは、それぞれの秘密を語りはじめる。
207461-3

く-20-1
猫
クラフト・エヴィング商會
井伏鱒二／谷崎潤一郎 他
猫と暮らし、猫を愛した作家たちが思い思いに綴った珠玉の短篇集が、半世紀ぶりに生まれかわる。ゆったり流れる時間のなかで、人と動物のふれあいが浮かび上がる、贅沢な一冊。
205228-4

く-20-2
犬
クラフト・エヴィング商會
川端康成／幸田文 他
ときに人に寄り添い、あるときは深い印象を残して通り過ぎていった名犬、番犬、野良犬たち。彼らと出会い、心動かされた作家たちの幻の随筆集。
205244-4